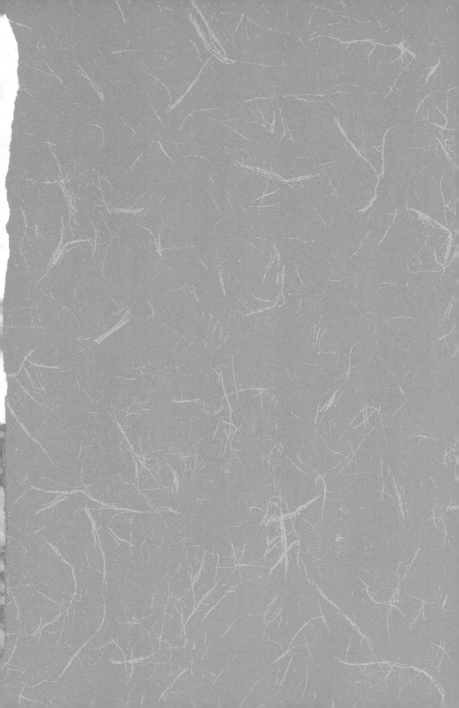

【雷鼓】【迅雷】
「安心しろ、
痛みを感じる前に
消し飛ばしてやる」

殺されたらゾンビになったので、進化しまくって無双しようと思います

ダンジョンコア食ってみた★

著 幸運ピエロ
絵 東西

第1章

ダンジョンコア食ってみた

第1話　始まりと終わりの名を冠する男

俺の名前はアウン・ドウメキ。28歳の男だ。

北方にある武京国、通称『和の国』という島国のサムライだった爺《じい》ちゃんが名付けたらしい。漢字で書くと『阿吽《アウン》』。〝全てを司《つかさど》る〟とかそんな意味だと言っていた。たいそうな名前だと思うが、結構気に入っている。

職業はCランク冒険者で上級剣士だ。アルト王国の王都アルラインで生まれ育ち冒険者となったが、十年前からはここレクリアの街でソロ活動をしている。

パーティーを組まないのは、駆け出しの頃に組んだパーティーのメンバー達に裏切られ、死にかけたことがあったからだ。

いつ死んでもおかしくはない職業とはいえ、やはり死ぬのは怖いし、ましてや裏切りなんかで死にたくない。

（あいつら……【嵐の雲脚《うんきゃく》】は、確か五年前にSランクになったんだっけ……）

できるだけ思い出さないようにしていた昔の仲間達のことを思い出すが、今の俺には関係がないことだと思考を切り替える。

こんなことを思い出してしまったのも、今日あったアレが原因なのだろう。

クエストを終えて帰還する途中で偶然ダンジョンを発見し、様子を見るために足を踏み入れたところ、入口近くで宝箱を見つけた。

しかもその宝箱から、かなりレアな武器が出たのだ。

急いでレクリアに帰って武器屋に駆け込み、鑑定してもらった結果は、レアリティ赤の『魔剣フラム』。

にわかに信じられず困惑していると、武器屋の親父に「俺は【品評】のスキルを持っているから間違いはない」と言われた。

鑑定結果に少し浮かれながら、愛用しているロングソードの手入れを依頼し、魔剣フラムをマジックバッグに入れて武器屋を出る。

（まずは冒険者ギルドに行って、ダンジョン発見の報告だな！　これでB……いや、Aランクも見えてきた。腹は減ってるけど、飯はその後だ！）

考え事をしながら歩いていると背後から声をかけられた。

「あなたがアウンさんですね」

振り返ると豪華な装備を着けた三人の冒険者がいる。話しかけてきたのは金髪で顔の整った剣士。その後ろにいるのは魔術師《まじゅつし》と癒術師《ゆじゅつし》であろう美女二人。

最近冒険者ギルドで噂《うわさ》になっていた、王都からクエストでレクリアに来ているパーティーだろう。

（こりゃ噂にもなるわ）と考えつつ返事をする。

「そうですが……何かご用ですか？」

「僕はAランクパーティー【赤銀《せきぎん》の月】のリーダー、マーダスです。あなたに協力してもらいたいことがあるのですが、少しお時間よろしいでしょうか？」

「協力？　内容にもよりますが……」

そう答えるとマーダスは近くまで寄ってきて小声で伝えてきた。

「実は……内密な話になりますが、常闇《とこやみ》の森でユニコーンが出たらしいんです。その討伐を手伝ってくれませんか？」

「え!?　あ、でもAランクパーティーなら討伐できるのでは？　それに、なんで俺なんですか？」

「ユニコーンはとても逃げ足が速い魔物です。このパーティーは前衛が僕一人だけなので、確実に討伐を成功させるためにもう一人前衛のアタッカーが必要なのですが……。ユニコーンの角は高値で取引されているため、分配でトラブルになることがよくあります。前衛職かつソロ冒険者のあなたなら、依頼金次第で分配はなしで交渉できると考えました。依頼金は前払いで金貨10枚。さらに成功報酬として金貨20枚支払います。協力してもらえないでしょうか？」

（……できれば他人とは組みたくないが、金貨30枚もあれば、半年はゆっくりと過ごせる。それに、こんなおいしい話は滅多にない……）

レクリアに来てから休暇といえるほどの休みを取ったことのない俺は、少しゆっくりしたいと心のどこかで考えていた。しかし、積極的に冒険者稼業を行える年齢や引退後の生活を考えると、大きな収益でもない限りどうしても休暇を取れなかった。

誰かとパーティーを組んでクエストを受けるというのにはやはり抵抗感が強いが、今回の依頼限定であれば協力するのはアリかもしれない……。今の俺には魔剣フラムがあるし、ガキだった頃と比べていろいろ成長できている部分も多いだろう。

「分かりました。〝今回だけ〟ということであれば、協力しましょう」

「ありがとうございます！　これは前金の金貨10枚です。それでは向かいましょうか！」

「え？　もうすぐ夕刻ですが、今から向かうのですか!?」

「ゆっくりしていると逃げられてしまいますからね！　今から行けば、日が落ちきる前に常闇の森に入れるかもしれません。急ぎましょう！」

俺は少し不安に思いながらも【赤銀の月】の後に続いて街を出た。

◇　◇　◇

街を出た俺達は、平原の魔物を全て無視して駆け抜けていったものの、常闇の森に到着すると辺りはもう真っ暗だった。

周囲が見渡せるように、魔導士のステアが光魔法【ライト】で周囲を照らす。この魔法を使えるから探索を強行する決断をしたのだろうか。多少暗いが一応視界は確保できている。

森に入ってから20分。前衛に俺とマーダス、中衛に癒術師のカトリーヌ、後衛にステアの隊列で森の中を進んでいくが、ユニコーンどころか魔物の姿も見当たらない。するとマーダスが指示を出してきた。

「少し地図を確認します。アウンさんは後方の安全確認をしておいてください」

俺は「分かりました」と答え、隊列の一番後ろに向かって歩きだす。

その直後、背後からマーダスの声が聞こえた。

「見つけました！　全員戦闘準備っ！」

その声に反応し、即座にマジックバッグから魔剣フラムを取り出しながら振り向く。


――ドスッ――


次の瞬間、胸に強い衝撃を受け、俺は背中から地面に倒れた……。

「な、ガハッ…ゴホッ……」

何が起こったのか理解ができないまま視線を彷徨《さまよ》わせると、胸部に剣が刺さっているのが見えた。

（どう……なっている……ユニコーンは？）

「あーっはっはっはっ！！　こうも簡単に引っかかるもんかねぇ？」

「バカでよかったじゃん！　楽に終わったし！」

「まぁ、それもそうか！」

「うふふっ、バカな男。まるでゴミクズね」

【赤銀の月】の三人の不快な笑い声が聞こえる。

どうやら俺は騙されていたようだ。そう考えると辻褄《つじつま》が合ってくる。

三人のうちの誰かが、武器屋で魔剣フラムの鑑定結果や、俺と武器屋の親父の会話を聞いたのだろう。

マジックバッグに入れた物は所有者本人しか取り出すことができない。だから俺を騙して森の中に誘い出し、自ら魔剣フラムを取り出す状況を作った、ってことか。


「そういう……ことかよ、クソが…………」

「理解が早くて助かるよ。この魔剣は僕がもらっていくから。あー、前金はくれてやるよ」

「マジックバッグに入れてるだろうから、どうせ取り出せないしねー！」

「ねぇ、もう終わったのですし早く帰りましょうよ。こんなゴミと一緒の空気吸っていたくないわ！」

俺は痛みに耐えながら、最後の力を振り絞り立ち上がる。

全てを理解すると、徐々に怒りと憎悪の感情が込み上げてきた。

「ぜってぇ……許さねぇ……」

「しつこいなぁ。それに許すも何もさぁ、お前もうすぐ死ぬでしょ」

「せいぜい足掻《あが》きなさい」

マーダスが俺の胸に刺さっている剣を引き抜き、うつ伏せに倒れこんだ俺の頭を踏みつける。

「苦しみながら、死になよ」

その言葉を最後に三人は笑いながら常闇の森の外へ向かって歩いていった。


血だまりが広がっていく……痛みは既に感じない。指の先がビリビリと痺れる感じがするだけだ。情けなさと悔しさ、怒りと憎しみの感情が渦巻き、身体を動かそうとするが全く動かない。

「ス、テー……タス」

そうつぶやくと脳裏に自分のステータスが浮かび上がる。

【HP（体力）】5
【状態】失血
（俺は……また、騙された……）

【HP（体力）】4
減少していく体力を見ながら考える。

（もう、どうすることもできないだろう。俺はこのまま死ぬんだ……）

死を受け入れると頭は次第に冷静さを取り戻していく。

【HP（体力）】3……2

（何も……何も成し遂げられない人生だった。裏切られ、騙され、我慢し続ける人生だった……）

（生まれ変わったら……もし生まれ変わったら……もう我慢なんてしない！　好きなように生きてやる！）

【ＨＰ（体力）】１……

（生まれ変わったら……もっと強く……誰よりも強く！！）

【ＨＰ（体力）】０

（……ん？　え？？）

【ＨＰ（体力）】０／０

（ちょっと待て、なんで意識があるんだ？）

意識は鮮明だ。目も見えているし、ステータスも見える。もう一度しっかりステータスを確認すると、

【状態】死亡

【ＨＰ（体力）】０／０

（死亡……死んでいる。死ぬってこんな状態なのか？　もっとこう天に昇っていくとか、幽体離脱とかを想像していた。まぁ、いずれにしても身体は動かないし声も出ない。視覚以外の感覚もないんじゃ何もできないか……）

◇　◇　◇

どれくらいの時間が経ったのだろう。三、四日は経っている気がするがよく分からない。

相変わらず目はぼんやりと見えるし意識もある。とはいえ身体は少しも動かない。

（今できることはステータスの確認だけだ）

そう思いながら何十回目かのステータス確認を行うと……

【状態】腐敗
【HP（体力）】0／0
（く、く、腐りだしてるぅぅぅぅぅ！！！！　なんだ、どうすればいい！　どうすればこの意識は途切れる！　れ……冷静になれ、そうだ！『どうしようもない時は時間が解決してくれる』って爺ちゃんが言ってた！）

【状態】腐敗
【HP（体力）】0／5
（ん？　体力の最大値が……）

【状態】腐敗
【HP（体力）】0／10
（ちょ……え！？　え！？）

【状態】腐敗
【HP（体力）】0／20
（増えてるっ！？　爺ちゃんっ！　最大値が増えてるよぉぉぉ！！？？　ちょ……待て待て！
ほ、ほかの項目も確認っ！）

【名前】百目鬼《ドウメキ》阿吽　【種族】腐鬼《ふき》ゾンビ　【状態】腐敗　【レベル】1
【HP（体力）】20／20　【MP（魔力）】300／300
【STR（筋力）】5　【VIT（耐久）】5　【DEX（器用）】1
【INT（知力）】30　【AGI（敏捷）】1　【LUK（幸運）】35
【称号】―
【スキル】・鉄之胃袋

この情報を見た瞬間、全身に焼けるような熱さとビリビリッとした鋭い痺れを感じ、俺は数日ぶりに意識を手放した。

第2話　俺、ゾンビ！

目を覚ますと血生臭さと腐臭が鼻を突いた。視界は暗いが、ひんやりとした土の感触を手と頬に感じ、うつ伏せで倒れていることが分かった。

（そうか、思い出した……。確かステータスを確認したところで、意識が飛んだんだった……）

自分を落ち着かせるように、少しずつ状況を整理していく。

（土の冷たさや感触が分かる。視覚と嗅覚も機能しているようだ。身体は動くのかな……）

——ガサッ、ガサッ……

（腕や指、足も動かせる。……立ち上がってみるか）

ゆっくりと視線が高くなっていく。それと同時に、自分の身体や周囲の状況などが少しずつ判明してきた。

革のジャケットは胸の部分が大きく破れており、ズボンは泥だらけだ。身体は傷口から腐りだしている……。手は爪や皮膚が剥《は》がれ、肉が露出しているところもあるが、不思議と痛みを感じる箇所はない。

殺された時と景色が変わっておらず、今いる場所は常闇の森だと理解できた。

「ぅウェーアグ……ぅ？　う、ウェーあグゥ……」

〝ステータス〟としゃべろうとしたがうまく発音できない。

意識はハッキリとしており、意外と冷静に思考できているのには、自分でも驚いている。

（なんとかしてステータスを確認したい。強く、念じてみるか……）

（ステータス！）

【名前】百目鬼　阿吽　【種族】腐鬼ゾンビ　【状態】腐敗、空腹　【レベル】1
【HP（体力）】20／20　【MP（魔力）】300／300
【STR（筋力）】5　【VIT（耐久）】5　【DEX（器用）】1
【INT（知力）】30　【AGI（敏捷）】1　【LUK（幸運）】35
【称号】―
【スキル】・鉄之胃袋・痛覚耐性・空腹

（見えた！　種族がゾンビ……魔物……。なんとなく分かっていたが、ショックだ。なぜこんなことになったのかはマジで意味不明だな）

でもまぁ、昔爺ちゃんに『いくら考えても分からないことは、分かる時まで考えるな。それよりも今できることを全力でやれ！』って教わったから、それは後回しだ！　今は現状の確認をしよう。

【レベル】は1。ステータスも大幅に低下しているし、何より敏捷値《びんしょうち》が1しかない。これでは移動するだけでもどれだけ時間がかかるのだろうか。幸運値だけは人間だった時の三倍もあるのは皮肉だな……。

（ん？　スキルが増えてる……スキルって増えるんだっけか？）

【スキル】・鉄之胃袋：何を食べても消化吸収できる、腹を壊さない
・痛覚耐性：痛みに強い耐性があるが完全ではない
・空腹：常に空腹状態となる。どれだけ食べても満腹にはならない

『鉄之胃袋』は俺が人間だった時から持っていたスキルだ。これのお陰で腹を壊したことがないが、戦闘に役立つことはないし、周りからの評価は〝ゴミスキル〟というやつだった。

『痛覚耐性』はありがたい。これがなかったら、今頃全身の痛みでのたうち回ってるだろう。

『空腹』がマジでヤバい。これは種族がゾンビだからだろうか。どれだけ食っても満足できないのはつら過ぎる。

（どうやらスキルは増えるらしい。そう納得しておこう。……ステータスは一通り確認した。次は今置かれている状況だけど……）

ここは常闇の森で間違いないだろう。常闇の森はアンデッドの魔物が出現するが、共通して動きが遅く知力も低い。しばらくはなんとかなりそうだ。

次に考えなければならないのは冒険者との遭遇。俺は今、間違いなく〝魔物〟だ。それは冒険者に狩られる側だということを意味している。

ただ、下位のアンデッドは倒しても素材として使えるものをドロップしない。クエストで稀に出るのは『アンミンダケ』という催眠効果のあるキノコの採取で、クエストのランクで言えばEランク。そのレベルの冒険者なら、遭遇する前に自分のレベルを上げれば、追い返すくらいのことはできる。

（あとは、俺の強みか……）

まず、冒険者としての知識があることだ。魔物のランクや弱点を知っている。この森のこと以外も、長年の冒険者生活で経験したことはいずれ役に立つだろう。

次にマジックバッグ。中には遭難してもなんとかできるだけの地図や道具が入っている。

（とりあえずの状況整理はこんなもんか。よし、今は少しでもレベルを上げることが最優先！そうと決まれば、まずはさっそく魔物を探そう！）

ゾンビになった俺は、破れて血まみれのジャケットを脱ぎ捨て、ゆっくりと森の中を歩き出した。

第3話　レベルアップの恩恵と初めての進化

歩き出してから六時間、ダメージを負いながらも倒したのは、スケルトン九体。

スケルトンは攻撃力が低く、動きも鈍いため一体ずつであればゾンビの身体でも比較的倒しやすかった。

（子供の喧嘩みたいになってたが……）

分かったことは、自分の動きが遅過ぎて全然移動ができないし、相手の攻撃を避《よ》けられない。

あと、俺も魔物に襲われる。同じ魔物だからといっても容赦はないようだ。

さて、そろそろレベルは上がっただろうか。

（ステータス！）

【名前】百目鬼阿吽　【種族】腐鬼ゾンビ　【状態】腐敗、空腹　【レベル】7（残21ポイント）
【HP（体力）】7／20　【MP（魔力）】300／300
【STR（筋力）】5　【VIT（耐久）】5　【DEX（器用）】1
【INT（知力）】30　【AGI（敏捷）】1　【LUK（幸運）】35
【称号】—
【スキル】・鉄之胃袋・痛覚耐性・空腹

（レベル7！？　……ん？　残21ポイント？　レベルは上がっているのにステータスが変わってないってことは……レベルアップ時にもらえるポイントの割り振りを自分で決められる？　いや、まさかそんなこと……）

試しに【ＡＧＩ（敏捷）】を1増やそうとしてみると、残20ポイントとなり【ＡＧＩ（敏捷）】の値が2に増えていた。

（マジか……）

死ぬ前はステータスポイントを自分で決められるなんてことは聞いたことがない。というか〝残ポイント〟という項目がステータスに記されていた話すら聞いたことがない。

そもそもステータスとは、『生まれ持った才能や、それまで積み上げてきた努力が数字として表れている』と一般的には考えられてきたし、人間であった時は俺自身もそう思っていた。だが、もしかしたら魔物はその逆で『ステータスにあわせて肉体が変質する』のかもしれない。

となると、知能の高い魔物ならば自分の長所に合わせて、レベルが上がるごとにポイントを振り分けている……のか？

まぁこのあたりのことは今考えてもよく分からないが、『残ポイントの割り振りを自分で決められる』というのは、相当なアドバンテージになるのは間違いない。

これは、今持っている情報や考えを一旦纏めておいたほうがよさそうだな……。

まず、残ポイントの割り振りができそうな項目は、【ＳＴＲ（筋力）】【ＶＩＴ（耐久）】【ＤＥ

X（器用）】【INT（知力）】【AGI（敏捷）】の五つ。

現状、〝腐鬼ゾンビ〟という種族で生きていくことを考えると、DEX《器用》は優先順位が低い。これは主に弓などの遠距離の武器を使用する適正に関わってくる値と言われており、弓の命中率が高い冒険者は総じてDEX《器用》が高いと言われていた。

現状では近くに投げられる物は石ころくらいしかなく、これが正確に当たったとして、一体どれだけ相手にダメージを与えられるかは分からない。それに素早い相手と対峙した時、投げる前に攻撃されたら詰んでしまう。

人間だった時も前衛職だったし、現時点では素手で殴るのが現実的な戦闘スタイルだと考えると、どちらかと言えば近接攻撃力を高めるSTR《筋力》を上げたい。

VIT《耐久》は攻撃を受けた際の防御力に直結してくる。これは魔法などでダメージを受けた際も関係してくるだろうから将来的には上げておいて損はない。

次にINT《知力》。攻撃魔法や防御魔法を使用する際の出力は、この値が関係していると言われていた。なぜか俺はレベル1の時点でこの値が他と比べて高かったが、魔法を使用できないのだから宝の持ち腐れ感がすごい……。

最後のAGI《敏捷》は移動速度に関係する。これは身をもって体験しているから間違いはないだろう。この値が高くなれば歩く速度も速くなるし、相手からの攻撃も避けやすくなるのは明白だ。そうなれば相手の隙をついて攻撃を仕掛けるといった戦略を取ることができる。攻撃にも防御にも移動にも関係してくる値と考えると、現状では一番必要な気がしてくるな……。

その後数分悩んだが、結局決めたのは【ＡＧＩ（敏捷）】を重点的に上げていくことくらいだった。

先のことはその時考えるとして、今は全ての残ポイントを【ＡＧＩ（敏捷）】に振りきる。

（おー！　体がめちゃくちゃ軽い！！　走れる！！）

やはり魔物の場合、『ステータスが肉体を変質させる』という考えは正しそうだ！　というかこんなにも如実に能力が変わるものなんだな。

これで、この森の魔物にはほぼ楽勝となっただろう。唯一怖いのは、グール。あの魔物は攻撃力が高く一発もらっただけでも致命傷になりかねない。

『ヴルぅウぅウ……』

（ん？　あれはゾンビ……え？　なんで木に噛み付いてるんだ？　腹が減るのは分かるが木は食えないだろ……）

森の中で初めて見た、自分以外のゾンビを観察する。

（いや待て、さっき実感したばかりだろ！　人間の常識にとらわれるな！　言うなれば、あれはゾンビ界の先輩。もしかしたら、何かがあるのかもしれないっ！！）

俺は自分の横にあった大きめの木に目を向け、先輩に倣って思いっきり噛り付いた。

――ガッ！　ゴリっ！！　バリバリ……むしゃむしゃ……ごくんっ……！

（…………なんも起こらねぇじゃねぇか！！）

まだ木に噛り付いている先輩の後頭部に思いっきり飛び膝蹴りをぶちかますと、レベルが上がった。

詳細を確認していくと……


【スキル】捕食（Lv・1）：捕食することでHP回復効果（小）

スキルが増えていた。

（……ゾンビ先輩、ごめんなさい。あなたのことは一生忘れません……）

動かなくなった先輩に一礼し、切り替える。

（よし、レベル上げの続きだ！）

レベルアップをしてＡＧＩ《敏捷》が高くなったことで、走ったり跳んだり蹴ったりできるようになったため、次の魔物を見つけるまでの時間が大幅に短縮された。

（あれは……！！）

ゆっくりとグールがこちらに向かって歩いてきている。

すでに相手には見つかっているようだ。逃げることも考えたが、自分が死んだ瞬間のことを思い出した。

（強くなると決めたんだ！　それに逃げ回るのは〝好きに生きる〟ってことじゃない！　やって

やる！）

近くに落ちていた木の棒を握り構え、向かってきたグールの攻撃を躱《かわ》しながら思いっきり木の棒を叩きつける。あまりダメージは入っていないようだが、相手の攻撃は両手を振り回しているだけで避けやすい。

（倒せるまで何度でも殴ってやんよ！）

避けては殴り、距離をとる戦法を10分ほど繰り返した。

最後は木の棒が折れるのと同時にグールは動かなくなった。

（なんとか……勝てた！　レベルは……？）

強敵に勝った興奮を抑えつつ、ステータスを確認するとレベルが10に上がっている。格上を倒すともらえる経験値が多いのは、人間の時と同じようだ。

レベルアップで獲得したポイントを確認していると、身体に雷が落ちたような衝撃が走った。

（くっ、なんだ？　今の……！？）

《進化先を選択してください》

【怨霊《おんりょう》レイス】

【喰鬼《しょくき》グール】

（頭に情報が流れてくる！！　……進化！？　選択！？）

『魔物は姿が大きく変化することがある』冒険者の間でも当たり前のように言われていたことをすっかり失念していた。そしてこんな感じで進化するのは初めて知った。

(落ちつけ……冷静に考えろ)

レイスは霊体のアンデッドだ。物理攻撃は効かないが、自身も物理攻撃の手段を持ち合わせていない。

グールはSTR《筋力》やVIT《耐久》が高いが動きが遅いのが欠点だ。しかし俺の場合は、ステータスポイントを自分で割り振れる。AGI《敏捷》を上げれば、弱点はなくなる！

(これはグールだな！)

そう決めると次第に身体が熱を帯び、少しずつ変化が起きていく。

腐って穴が空いていた部分は塞がっていき、爪や牙が長く鋭くなっていくのが分かる。

青白かった肌は墨のように黒くなっていく……。

熱が冷めきると身体が完全に変化していた。

「あー、あー、あいうえおー」

発音もできるようになっていた。

(これで喋ることができる！)

「ステータス！」

【名前】百目鬼 阿吽　**【種族】**喰鬼グール　**【状態】**空腹　**【レベル】**10（残9ポイント）

【HP（体力）】400／400【MP（魔力）】310／310
【STR（筋力）】11【VIT（耐久）】10【DEX（器用）】4
【INT（知力）】31【AGI（敏捷）】22【LUK（幸運）】35
【称号】—
【スキル】・鉄之胃袋・痛覚耐性・空腹・捕食（Lv・1）
・体術（Lv・1）：体術での攻撃時に相手に与えるダメージと衝撃が強くなる。（効果小）

「種族がグールになってる」

ステータスも全体的に伸びていた。特に【STR（筋力）】と【VIT（耐久）】が上がっている。また、VIT《耐久》が伸びたことによりHPの最大値も大きく増えた。

スキルには体術が追加されており、手や足での攻撃にプラス補正がかかるようだ。

「すごい変化だ……一番デカいのは状態異常の腐敗が消えたことか。臭いのは嫌だったし、喋れるようにもなった。服装をなんとかすれば人間とのコミュニケーションも可能になるかもしれない」

（楽しくなってきた！　もっとレベルを上げて、どんどん進化してやる！！）

第4話　ダンジョン発見！

レベルアップでの残ポイントは攻撃力を上げるために【ＳＴＲ（筋力）】に全て振り分け、俺は再び森を駆け回った。しかし魔物との遭遇は少なく、倒したのはスケルトン数体。しかも探し回っているうちに森の奥深いところまで来てしまっている。

「それにしても腹が減った。ゾンビになってから木の皮しか食ってないからな……」

この森に生息している動物は少なく、魔物に関してはほとんどがアンデッドだ。さすがにアンデッドの魔物を食べることはしたくない。そう考えると、腐った人間や骨を食おうと思えるほど魔物の思考に染まっているわけではないようだ。

一応、ところどころにキノコも生えてはいるがほとんどが毒キノコだ。魔物を探しつつ食料も探してはいたが、安全に食べられそうなものは見つけられず、ちょっと危険ではあるが、最後の手段として催眠効果のあるアンミンダケを採り、マジックバッグに大量に入れておいた。

アンミンダケは少量であれば睡眠導入薬として使用されたりもするが、許容量を超えれば睡眠の状態異常にかかってしまう。

俺の場合、一応スキル【鉄之胃袋】でおなかを壊すことはないが、状態異常にはなる。……これがゴミスキルと言われていた所以《ゆえん》だ。

（あー、腹が減り過ぎてだんだんイライラしてきた。ついさっきまで進化したことで気分もよくなってたのに！　ってか、そもそもなんで俺がこんな苦痛に耐えながら苦労をしなくちゃならないんだ……）

騙された俺が悪いと言ってしまえばそれまでなのだが、これは理屈ではない。

魔物になった今でも【赤銀の月】の三人の蔑んだような表情、声色はハッキリと覚えている。

しかもこの空腹がいつまで続くのか全く先が見えない不安に苛まれると、どうしてもマーダス達の顔が思い出される。

そして一度思い出してしまうと、考えないようにすればするほどフラッシュバックしてしまい、怒りの感情が脳内を駆け巡る。

（くそっ！　絶対に生き残ってやる。【赤銀の月】よりも、【嵐の雲脚】よりも、他の誰よりも強くなって、何者にも俺を害されないように、もう二度と大切なものを奪われないように……ん？　この音は、川か！　ってことは、魚が食える！）

耐えがたい空腹も相まって、どす黒い負の感情に支配されそうになっていたが、聞こえてきた水音で我に返る。

急いで音のほうへと走っていき、川に辿り着くと魚が泳いでいるのが見えた。

「やっと食料を見つけた！　それに、この爪なら魚も突き刺して捕まえられそうだ！」

ザブザブと川に入って魚を取ろうとするが、意外と魚は素早くなかなか捕まらない。徐々にムキになり、魚を追いかけていくうち、太ももが浸かる深さまできていた。

「この！　捕まれ、俺の飯！！」

――ツルっ　ゴスッ！！　ザバーン――

「おぶっ、ゴホッ……ゴボボボボ……」

（やばい、溺れる！　ぬお！？　急に川の流れが速く……うわぁぁぁぁー！）

川底の石に足を滑らせ流された俺は、なすすべもなく激流に呑まれ滝壺へと飲み込まれていった。

◇　◇　◇

気が付くと洞窟のような場所にいた。背後を見ると滝が流れ、轟音《ごうおん》を響かせている。

「危なかった。運が悪かったら死んでたな……。流石に二度目の奇跡はないだろうし、気をつけよう。とりあえず洞窟の奥に進むか」

洞窟の中は薄暗闇だった。ぼんやりと周囲が見える程度だ。

「ん？　あの光は？」

しばらく進むと、地面にうっすらと光る魔法陣を見つけた。そして、この魔法陣は以前にも見たことがあるものだった。

「ダンジョンの入口か！　中がどうなっているかは分からないが、もしかしたら食える魔物もいるかもしれない……」

ダンジョンは危険な場所だということは分かっていたが、飢餓感には抗えず魔法陣の上に乗る。すると、突然景色が急変した。ダンジョンの中に転移させられたようだ。

目に映るのは、遺跡のように規則正しく切り出された壁や天井。床には石畳の隙間から生えるコケや花が光りを放ち、辺りを照らしている。通路は大人が四人くらいなら並んで歩けそうな広さだ。

自分のＨＰを確認すると幸いにも半分程度は残っている。

「戻ってもどうせ滝壺だし、進むしかないな」

ダンジョン内を歩き出してから5分ほど経った頃、唸り声とともに魔物が現れた。でっぷりと太った体躯で二足歩行。全身に毛が生えている。イノシシの顔に巨大な牙。

「オークか。Ｅランクの魔物……」

魔物は、強さや賢さで討伐の難易度が大きく変わる。そのため、約八百年前に冒険者ギルドが創設されて以来、魔物は種類ごとにランクで分類され、新種や変異種も発見され次第ランク分けされることになった。

その膨大な資料は図画と解説付きで種類ごとに編集・製本され、各街にある冒険者ギルドに保管されている。この通称〝魔物図鑑〟が俺は大好きで、暇さえあればギルドの書物室で閲覧し自分ならばどう戦うかをイメージしていた。

魔物のランクは、F～SSS《トリプルエス》までの九段階であるがSランク以上の魔物が出ることは稀であり、そういった強い魔物は、魔素の集まりやすい土地や五十階層を超えるような超高難易度ダンジョンにしか出現しないと言われている。SS《ダブルエス》やSSSランクに関しては、伝説や神話の中でしか聞いたことがない。

冒険者のランクも魔物と同じF～SSSで分けられており、同ランクの魔物を一パーティーの基本である四人で討伐できる強さが求められた。要するに、Cランクの魔物はCランクの冒険者四人分の強さということだ。

ちなみに先ほどの【グール】もEランクの魔物で、この【オーク】と同格なのだが、腹が減り過ぎているのか、感覚が魔物寄りになってきているのか、今の俺にはオークが旨そうな肉にしか見えない。

「おとなしく俺に食われろ、豚肉！」

『グゴォォォ！』

お互い勢いよく飛び出すとオークは大振りで殴りかかってきたが、それよりも速く俺の爪がオークの両目を切り裂く。視界を奪われたオークは、後ろによろめきながら両手を振り回している。

こうなってしまえば、もう勝負はついていた。

しばらく様子を見ながらオークが疲れて暴れなくなるのを待つ。止まったタイミングを見計らい、腹部や顔面を三発殴ったところでオークは倒れて動かなくなった。

「さて、やっと飯にありつけたわけなんだけど……」

火を起こせそうな木材は、このダンジョンの中にはない。

「仕方ない、このまま食うか」

……結構美味しかった。

驚いたのは、オークまるまる一匹を5分程度で食べきってしまったことだ。骨付き肉もグールの歯であれば骨ごと噛み砕いて食えた。しかも……

「全然腹が満たされない。オークは飲み物……いや、これ以上は考えるのをやめよう」

一階の魔物は単体のオークしか出てこなかったため、遭遇次第全て食料に変えていった。オークの相手に慣れ切った俺は、空腹も相まって最終的にマジックバッグからオーク肉を取り出し、右手に持って食べながら探索するという暴挙に出ていた。

「お！　上への階段か。上っていくタイプのダンジョンなんだな」

無警戒に階段を上ると、かなり広い部屋に出た。部屋の奥にはオークや一回り大きな体躯のオークファイターが〝大量に〟いる。

そして、一斉に振り向いたオーク達の視線は、俺の右手に集中し…………釘付けになった。

「あー、その……お邪魔しました！」

『グゴォォォー！！』

『ブムォォォォ！』

少なく見積もっても二十四はいるであろうオーク達が一斉に叫びながら襲い掛かってくる。

咄嗟に右手に持っていた骨付き肉をマジックバッグに入れ、階段を駆け下りた。後ろを見るとオーク達も一匹ずつ順番に階段を下りてくる。

それを見た俺は身体を反転させ、拳《こぶし》を構えた。

「一匹ずつなら、食べ放題の食堂と変わらねぇんだよ！！」

先頭で降りてきたオークの腹に拳を捻じ込み、動きが止まったところで首筋を噛みちぎる！

絶命したオークを横にぶん投げ、次に襲い掛かってきたオークファイターの顔面にハイキックをぶち込む。その後即座にローキックで片足の骨をへし折り、顎《あご》に拳を叩きこむ！

階段からオークの集団が姿を現さなくなるまで、全力で殲滅《せんめつ》し続けた。


「ふぅー、さすがに焦ったぁ！！」

オークの集団を全て肉塊にすると一息つく。

「集団を相手にするとなると攻撃力が足らないな。今後はSTR《筋力》とAGI《敏捷》のステータスを重点的に上げよう」

ステータスを確認すると、レベルが18まで上がっていた。残ポイントを全て【STR（筋力）】と【AGI（敏捷）】に振り分ける。

〈ステータス〉
【名前】百目鬼 阿吽　【種族】喰鬼グール　【状態】空腹　【レベル】18

【ＨＰ（体力）】１７０／４００　【ＭＰ（魔力）】３１０／３１０
【ＳＴＲ（筋力）】29　【ＶＩＴ（耐久）】10　【ＤＥＸ（器用）】4
【ＩＮＴ（知力）】31　【ＡＧＩ（敏捷）】37　【ＬＵＫ（幸運）】35
【称号】―
【スキル】・鉄之胃袋・痛覚耐性・空腹
・捕食（Ｌｖ・２）：ＨＰ回復効果（小）追加
・体術（Ｌｖ・２）：体術で与えるダメージと衝撃が強くなる（補正値向上）

「あれが噂の〝湧き部屋〟ってやつか。たしかにあの数の魔物が一斉に襲ってきたら死人も出るわな……。経験値はめちゃくちゃおいしいけど。ん？　スキルレベルも上がってる！　とりあえず……お肉食べよ」

オーク肉を胃袋に流し込んでいくと飢餓感は少しずつ軽減していく。
しかし、ふと冷静になって考えると、魔物になってからの俺は明らかに人間の時と比べ思考が短絡的になっている。以前はもっと慎重に行動できていたはずだ……。だが、そんな短絡的な思考に対しての嫌悪感は全くない。不思議と「こんな自分でもいいか」と思えて、むしろ楽しいとさえ感じる。なんとも不思議な感覚だ。

第5話　二度目の進化

考え事をしながら黙々と食べ続けていると、大量にあったはずのオーク肉がいつの間にか消えていた。

「ごちそうさまでした」

（そういえば全部倒した時に数えたけど二十五匹もいたんだな。っていうか全部食ったのに腹が膨れない。身体に変化もないし、俺の胃袋どうなってるんだ？　飢餓感は減ったし、まぁいいか……。お？　捕食のスキルレベルがまた上がってる）


【スキル】・捕食（Ｌｖ・３）：満腹時にＨＰの自然回復量向上追加

「満腹にならねぇんですけど……。もう腹減ってきたし。まぁいいや、進むか！」

階段を上り、再び二階の湧き部屋に入る。今度はゆっくりと覗いてみたが、何もいなかった。

一応周囲を警戒しながら通り抜け、しばらく進むと再び上への階段が見えた。

三階に上ると一階と同じくらいの通路があり、すぐに三体の魔物が姿を現した。

「三階はオークアーチャーもいるのか」

飛んできた矢をステップで避けながら観察する。

【オークアーチャー】はオークファイターと同じような体躯で弓矢を持っている。だが矢筒を見ると矢が入っている気配はない。

「ダンジョンから供給されているのか？　ってことは、矢切れは見込めないか。なら優先撃破だな」

飛んでくる矢を躱《かわ》しながらオークアーチャーとの距離を縮める。そして、今まで通りの感覚で腹パンしたのだが……

――ズシュッ！　ブシャー

突き出した拳がオークアーチャーの腹に突き刺さっていた。

「ぬうぇ！？　やばっ！」

突き刺さった拳を引き抜きながら、横から殴りかかってきたオークファイターの攻撃を避け、バックステップで距離をとる。

「攻撃力上がり過ぎじゃね？　ワンパンで倒せるのかよ」

自分の攻撃力にドン引きしながらも、「楽だし、いいか！」とすぐに気持ちを切り替える。

確実に自分はEランクの強さを超えていることを自覚し、残っている二匹のオークファイターも同様にワンパンで沈めた。

「これならこの先も楽勝だな！　いや、でもダンジョンってボスがいるんだっけ……」

〝ダンジョンには最奥にボスがおり、ボスを倒すと魔法陣が現れる。その魔法陣に触れると出口に転移される〟というのが一般的に知られているダンジョンの情報だ。また、大型のダンジョンにはボスを倒さなくても帰還できる魔法陣も途中に設置されているらしい。

「ここは出てくる魔物もEランクばっかりだし、どう見ても小型のダンジョンなんだよなぁ。ボス部屋までにもっとステータス上げておきたいな。素手だし……」

その後、出会った魔物を全て一撃で倒し、マジックバッグに解体した魔物を突っ込みながら進んだ。

四階に上がる階段が見え、襲ってきたオークファイターにカウンターの飛び膝蹴りをお見舞いすると、身体が徐々に熱を帯びだした。

「この感覚は！！　今のレベルは……20か！！」

周囲に魔物がいないのを再度確認し、身体の力を抜き呼吸を整える。

《進化先を選択してください》

【巨鬼《きょき》オーガ】

【呪鬼《じゅき》マミー】

【鬼人《きじん》】

「来た！　これ全部鬼種……か？　最初の進化でグールを選択したから鬼種系進化形態になった？　ってことは、この選択はかなり重要な気がする……」

まず【巨鬼オーガ】は選択から除外だ。Cランクに位置付けられており、非常に力が強く耐久力も桁外れな魔物だが、巨体がゆえに小回りが利かない。このダンジョンの中でその巨体に進化してしまうと身動きが取れなくなるだろう。

次に【呪鬼マミー】は、この中では無難な選択だと思われる。レベルが上がれば多彩な呪術を駆使し相手の攻撃力を下げることや、身動きを封じることができるだろう。知力が高めな俺との相性もよさそうだ。

ただ、複数を相手にする戦闘では、なかなかその本領が発揮できない。冒険者は基本的に複数人でパーティーを組んでいるため、戦術に問題がなければ討伐が比較的簡単とまで言われている。そのため、魔物図鑑ではDランクとされていた。そう考えると正直微妙だ。

最後の【鬼人】は……聞いたことがない魔物だ。そう、魔物図鑑に〝鬼人という魔物〟は載っていない。

「でも『鬼人』ってどこかで聞いたことがあるんだよな……いつだったかなぁ？　うぉぃ！　ちょっと待て！　今のは〝選んだ〟ってことじゃ……アァぁぁガッァア！！！」

身体に雷が落ちたような衝撃が走る。直後から徐々に身体が変化していく感覚に変わり、痛覚耐性を持っている俺でも悶えるほどの激痛に襲われた。

「はぁ、ぅぐうっ……はぁ、はぁ。治まったか。選択先を口に出すと選んだことになるのか？
それにしても痛みが一回目の比じゃなかった……ステータス」

〈ステータス〉
【名前】百目鬼 阿吽　【種族】鬼人　【状態】―　【レベル】20
【HP（体力）】400／1000　【MP（魔力）】310／310
【STR（筋力）】47　【VIT（耐久）】20　【DEX（器用）】10
【INT（知力）】31　【AGI（敏捷）】50　【LUK（幸運）】35
【称号】―
【スキル】・鉄之胃袋・痛覚耐性
・捕食（Lv・3）→大食漢：満腹状態でも捕食が可能、捕食することでHP回復効果（中）
・体術（Lv・2）
・剛腕：5分間STRが50％上昇（MP消費10）
・俊敏：5分間AGIが50％上昇（MP消費10）

「えっと………変わり過ぎじゃね？」

第6話　鬼人の実力

目に見える変化としては、手や足が人間に限りなく近くなっており、長かった爪は少し尖っている程度となっていた。口元の感覚からすると、口から飛び出していた二本の牙も、引っ込んで口の中に収まっている。

「顔が自分では確認できないのがなぁ。外に出てから水辺で確認してみるか。って……っ、角？」

自分の頬や顎、口や目元など触って確認していると、額に生えた二本の角に触れた。

「まぁ見た目は後で確認するとして……それよりもステータスとスキルの変化がすごいな」

まず、【ＳＴＲ（筋力）】と【ＡＧＩ（敏捷）】、【ＶＩＴ（耐久）】の値がそれぞれ10以上強化されている。人型に近づいたためか【ＤＥＸ（器用）】も10まで増えていた。

一番大きく変わったところは【ＨＰ（体力）】で、驚異の１０００。ついに四桁の大台に乗った。

次にスキルだが、空腹と捕食が〝大食漢〟という新しいスキルに統合され強化されている。ゾンビになってから常に【状態】の欄にあった空腹状態が消え、あれだけ苦しめられていた飢餓感が今は全く感じられない。これだけでも鬼人になってよかったと思えるほど嬉しい変化だ。

「それに、エグいスキルを二つも同時に取得しちまった……」

〝剛腕〟と〝俊敏〟。二つ同時に発動でき、5分間ＳＴＲ《筋力》とＡＧＩ《敏捷》が50％向上というものだが、要するに『攻撃力と素早さが1・5倍』である。

グールの時にオークアーチャーの腹部を貫いた【筋力（ＳＴＲ）】が29だったのに対し、レベルアップと進化により47まで増加した筋力に、このスキルを発動すると70の攻撃力となる。体術スキル込みで殴った場合……

「オークの胴体、吹き飛ぶんじゃね？」

かなり大きな変化に戸惑いながら四階へ続く階段を上っていく。

「うっし！　まずは腕試しをしなきゃな！　次の階層がボスの部屋だったら、一旦戻ってオークを殴ってみよう！」

階段を上ると20ｍ四方ほどの部屋が広がっていた。ボス部屋ではないことに少しホッとするが、前方からオークの上位個体と思われる四体の魔物が、俺に殺意を向けながらゆっくりと向かってくる。

オークソードマン、オークメイジ、オークガード、オークジェネラル……。全てＤランク上位の個体で、知能がオークより高く集団で戦闘をするようだ。しかも相性補完が完璧にマッチしている。

「いきなり強敵っぽいな……うっし！　やるか！　【剛腕】、【俊敏】……うぉ？」

スキルを発動すると、急にオーク達の動きが遅くなった。困惑しながらも一番厄介そうな指揮官のオークジェネラルに目をつけ、地面を蹴る。

オークの動きは相変わらず遅いままだが、自分の動きは今までよりも素早く動けている。ＡＧＩ《敏捷》

が大きく増加したことで動体視力が向上し、集中すると周囲の動きはゆっくり見えるようになったようだ。ゆっくりとした流れの中でこれだけの速度で動いている今の俺は、相手からはどう見えているのだろうか……

オーク達の目には困惑の色が浮かんでいる。何もできず突っ立っているオーク達の横を最速ですり抜け、オークジェネラルを鎧の上から思いっきり殴る。すると鎧は砕け、その身は後方の壁にぶつかるまで吹っ飛ばされていった。

「これはすげぇな。今回の進化で完全に人間の時の強さを超えたわ。しかも素手で……」

もともと俺はCランクのソロ冒険者だったのだ。Dランク程度の魔物であれば、装備が整っていれば問題ないレベルではあったのだが、ここまで圧倒的な攻撃力や素早さはなく、よく言えば〝技巧派〟の戦い方をしていた。

今までの知識や技術と、この身体能力をかけ合わせれば、タイマンでならAランク冒険者にも勝てるかもしれない。

呆けている残り三体のオーク達に振り向き標的を定める。

「撃破ルートはメイジからのソードマンだな」

そう決めると、瞬時にオークメイジの側面に回り込み、後ろ回し蹴りで頭部を粉砕する。

次の一歩でソードマンに肉薄《にくはく》し額を鷲掴《わしづか》む。そのまま壁までソードマンを掴みながら駆け抜け、後頭部を壁に強打させた。ズルリと倒れ込み絶命したソードマンを横目で確認しつつ、オークガードに向き直る。

「さて、ラストか。思ってたよりアッサリと終わっちまったな」

すでにオークガードは戦意を失っていた。

身体が強張っているのか、尻もちをつくと手に持っていた盾と槍を手放し震えだした。

俺はゆっくりと近付きながら話しかける。オークガードが言葉を理解しているかも分からないが、鬼人となってから初めての戦闘で、テンションが上がっていたのだろう。

「向かってこいよ。俺はお前らの仲間を殺したんだぞ？　俺はこいつらを食うんだぞ？」

『ブムォォ……』

「なぁ？　お前悔しくないのか？　オークに誇りはないのかよ？　来いよ、男だろ」

『グモ？　グブモォ……』

「……はぁ、もういいや……冷めちまったわ。そのまま一生逃げながら震えてろよ、豚野郎」

『フゴッ、グゥ……』

さすがに戦意を失った状態の敵を殺す気にはなれなかった。人間の名残なのだろうか……。いや、違うな。人間であるなら魔物は戦意を失っていても殺すだろう。震えているだけの敵を見て、何故か怒りと失望感と虚しさが込み上げてきている。

気付くと人間の時には言ったこともないような罵倒を、魔物相手にしている始末だ。自分が魔物になったからだろうか、少し気持ちが不安定だ。

「ま、切り替えるか。あそこに見えてるのは多分ボス部屋の扉だろうしな。集中しよう」

俺は震えているオークガードから視線を離し、巨大な扉に向かって歩いていった。

第6話（裏） 鬼人の実力 ～オークガード視点～

私は、このダンジョンで【オークガード】として生まれた。生まれてから今まで、どれだけの時間が経ったのかは分からないし、そんなことはどうでもよかった。

一緒に生まれた他のオーク達と連携する戦い方も、自分の役割も、侵入者の殺し方も、全て最初から知っている。今まで入ってきた者などいないが、誰かがこの部屋に入ってきたら、どんな手段・方法を使っても殺せばいい。

それは、誰に言われるでもなく〝そうするのが当たり前〟だとここにいる全員が認識していた。それができなければ、私という個体に価値などないと思っていた。数分前までは……。


その男は突然やってきた。まるで散歩をするかのように。少し微笑みながら。

私はジッとその男を見ながら、ジェネラルからの指示を待っていた。殺すために。

決して目を離していないと断言できる。それなのに男が何かを呟くと突然消えたのだ。

……風が横を通り抜けたような気がした。その直後、後ろから轟音が響く。振り返るとジェネラルが壁にめり込んでいた。

何が起きたのか、全く分からなかった。混乱していると、また男が呟く。するとメイジの頭が弾け飛び、近くにいたはずのソードマンが消えた。再び轟音がするほうを見ると、ソードマンも壁際で倒れ込み絶命している。

……なんだ？　どうなっている？　全く理解できない状況の中、私の中に新しい感情が渦巻く。

手が震える。足が震える。身動きが取れない。それでも視線は、その男から離せない。

男は、こちらに向かって歩きながら話しかけてきた。言葉はなぜか〝全て〟理解できた。

『向かってこいよ。俺はお前らの仲間を殺したんだぞ？　俺はこいつらを食うんだぞ？』

「ブムォォ……（食わ、れる……）」

『なぁ？　お前悔しくないのか？　オークに誇りはないのかよ？　来いよ、男だろ』

「グモ？　グブモォ……（くやしい？　私は……）」

『……はぁ、もういいや……冷めちまったわ。そのまま一生逃げながら震えてろよ、豚野郎』

「フゴッ、グゥ……（豚、野郎……）」

この男と話していたら分かってきた。〝この感情〟がなんなのか。恐怖？　畏怖《いふ》？　違う、そんなものではない！　これは、憧憬《しょうけい》・尊敬・敬愛・崇拝《すうはい》。つまり『絶対的な強者への憧れや敬い』だ！

私は、殺された仲間達が羨ましいとさえ感じている！　今なら分かる。私は、この男に、この〝御方〟に、『私を食べていただきたい』のだと。自分という存在が、この御方の養分となりたいのだと！

しかし……あの御方は行ってしまわれた。私という未熟で矮小《わいしょう》な存在など、あの御方の養分にはさせていただけないのだ。あの御方の御姿を、御声を、ご尊顔を、芳香《ほうこう》を、脳に焼きつけなければ……！

……そうだ。ダンジョンを出てもっと強くなろう。外の世界を知ってもっと賢くなろう。いつか、あの御方に食べていただけるように！

そして願わくは、ただ一言お伝えしたい。

「私は……メス豚《女性》です」と。

第7話　ダンジョンボスと戦利品

「ボスって何の魔物なんだろうなー。俺の予想ではオーク種なんだが、最悪なパターンはオークキングかぁ。Aランクで、オークの中でも飛び抜けて強いらしいし……。まぁ、行ってみないと分からん、突撃だな」

一呼吸おいて扉に触れようとすると、大きな扉は建付けの悪そうな音とともにゆっくりと開いていった。

部屋は今までで一番広く天井も異様に高い。一歩踏み出し中に入ると、ゆっくりと部屋に明かりが灯っていく。

部屋の真ん中にはCランクの魔物【オークバーサーカー】が三体並んでいる。その後方に立っている巨体は……

「オーガ……オーク種じゃねぇのかよ!!　ってよく見たらレッドオーガ!?　変異個体……マジか」

【レッドオーガ】は巨鬼オーガの変異個体でありランクはBランク上位。俺の身長の二倍はあるだろう巨体とそれに似合うサイズの巨大な斧を右手に持っている。

オークバーサーカーも両手に斧を持っており、いくらＨＰが１０００を超えていても、その攻撃を食らえば戦況は著しく悪いほうに傾くだろう。

「さて、まずはバーサーカーから仕留めてタイマンに持ち込むしかないな。レッドオーガは……あー、戦いながら考える！」


【剛腕】と【俊敏】のスキルをかけ直し、一番左端にいたオークバーサーカーを標的に駆け出す。

そして側面に回り込み殴ろうとしたが、一瞬嫌な予感が頭をよぎり反射的に高くジャンプした。

すると、今まで俺がいたところに巨大な斧の薙《な》ぎ払いが走った。

「マジかよ！　バーサーカーごと切り飛ばす気だったのか……」

『ゴォォアァ！』

「オグッ！！」

三体のオークバーサーカーの上半身と下半身が切り離されたのを見て、飛び退きながらも唖然としていると、レッドオーガの拳が俺めがけて飛んできた。

咄嗟に両手で防御はできたものの、吹き飛ばされてしまう。

「っくぅ！　両手がジンジンする、防御が間に合ったのは奇跡だなぁ。HPは残り545か。直撃一発でやられちまうなコレ………」

死を身近に感じると少なからず恐怖が芽生えそうになる。しかし、その恐怖心を抑え込むと逆に頭は冴えてきた。

「ふぅー、こんな時は爺ちゃんの言葉を思い出せ……『覚悟を決めろ！　気持ちで負けるな！当たらなければダメージゼロ！　バイブスぶち上げろ！！』行っくぜぇぇぇぇぇ！！」

最高速度で走り出し、落ちているオークバーサーカーの斧を二本回収する。そのままの勢いでレッドオーガの左膝を狙い右手に持っていた斧を全力で振り切る。

狙いは少し外れてしまったが、レッドオーガのふくらはぎに斧が突き刺さった。

「斧はまだまだあるぜ？　お前が半分に切り飛ばした、豚のがよぉ！！」

左手に持っている斧で、今度は左膝の裏を狙って筋肉を切り裂く。オーガは痛みに耐えながら手で振り払おうとするが、俺はしゃがんで避けるとすぐに左足の甲を狙い、斧を叩きつけた。

ぐらりと倒れかけたレッドオーガだが、片膝をつきなんとか持ちこたえている。

「まだまだ俺の攻撃は終わらねぇぞ！」

大きくジャンプし上から後頭部に拳を叩きこむ。やはりレッドオーガは接近してしまえば小回りが利かない。圧倒的な耐久力があったとしても、スキルで1・5倍に上がっている俺の攻撃は、しっかりとダメージを与えているようだ。

レッドオーガがゆっくりと前のめりに倒れるのを見た俺は、再び落ちている斧を両手で拾い、回り込んで右目に向かって斧を振る。

『ガァアッァアァァァァ！！！！』

「俺をその辺の豚野郎と一緒にしてんじゃねぇよ。早く本気出さねぇと、肉塊にして食っちまうぞ！　オラァ！」

レッドオーガの右手親指を切り飛ばす、腕の筋肉を削ぎ落とす、背中に斧を突き刺す、立ち上がろうとしているところに今度は右足の脛《すね》を叩き折る……。

怒涛の連打の最後に頭蓋骨を斧で叩き割ると、レッドオーガはピクリとも動かなくなった。

「はぁ、はぁ、はぁ。ふぅー…………調子に乗ってやり過ぎたか……。反省も後悔もしていないが、テンション上がり過ぎると口が悪くなるのは、……んー、やっぱり直せんな！」

少し休憩をしながら戦闘のことを思い返す。一方的に攻撃し続けられたが、武器がなかったら正直ヤバかった。攻撃力は十分かと思っていたが、Bランクを超えてくる魔物相手に素手は無謀だ。

オークバーサーカーの斧は上がったテンションのままオーガを叩きまくったせいで、全てが使い物にならないレベルで壊れている。

最後にステータスを確認すると、レベルは23となっておりスキルが追加されていた。

【スキル】品評眼：武器、防具、装飾品の価値や名前、効果が分かる

「これは武器屋の親父が言ってた便利スキル……ん!? あれは、宝箱!!! しかも……赤色!?」

赤色の宝箱が床からゆっくりと出現した。それと同時にレッドオーガがダンジョンに吸収されてしまう。ボスだけはすぐにダンジョンへ吸収されるのか。

食いたかった……。

「よし、開けるか。あードキドキする。この宝箱開ける瞬間……たまらんわぁー。それじゃあ御開帳！！」

宝箱を開けるとそこには刺々《とげとげ》しい金属の塊が一本入っていた。鑑定すると……

《赤鬼の金棒：攻撃力15。武器・防具破壊効果》

「いろいろ最高過ぎて、感情が追い付かない……ひとまず情報を整理しよう」

まず【品評眼】のスキルだ。

俺は街に入るのに大きな危険を伴う。容姿がどうなっているか自分では分からないためまだ何とも言えないが、なんといっても〝魔物〟である。そのため、アイテムの情報が自分で分かるのは今後の必須スキルと言っても過言ではない。

次に【赤鬼の金棒】だ。武器・防具破壊効果というのは、相手の武器や防具を殴った際に破壊しやすくなるということなのだろう。攻撃力15がどの程度なのかは全く分からないが、鑑定によるとこの武器のレアリティーは『赤』である。

〝レアリティー〟というのは、そのアイテムの希少性を現しており、希少性が高いほど強力な武器・防具であることが多い。

レアリティーの色は、希少価値の高い順に『金＞紫＞赤＞青＞緑＞白』となる。一般的に武器屋で売られているものが白や緑であり、ほとんどの冒険者は白や緑の武器を使用している。

上級冒険者には青の武器を持っている者もいるが、赤となるとAランク以上の冒険者でも持っているのはほんの一握りである。

ちなみに『魔剣フラム』のレアリティーも赤である。〝人を殺してでも奪いたい、手に入れたい武器〟というのは身をもって実証済みだ。紫や金の武器・防具ともなると伝説級や神話級とも言われており、一つの国に一本あるかないかという希少性だろう。

「他に鑑定できるものは、マジックバッグか。……え？　赤……？」

レクリアの雑貨屋で、特売品の箱の中から適当に選んだものがまさかのレアリティーであったことに驚愕する。オークを十体以上入れてもまだ入る容量のマジックバッグは、非常に希少な物だったらしい。

他の冒険者はマジックバッグも白か緑ランクの物を使っているはずだ。

「どうせ白だろうと思って買ってから、一回も鑑定してなかったけど、これ売ったら大金持ちだったんじゃ……。まぁ知ってても売らなかったか」

情報の整理も終わり「出口につながっている魔法陣があるはず」と周囲を見渡す。そして部屋の一番奥に青白く光る魔法陣を発見し安堵した。

「オークバーサーカー回収してから出よ！　オーク肉はどんだけあっても困るもんじゃないしな！」

レッドオーガに斬り飛ばされ、散らばっているオーク肉を回収して歩いていると壁際に丸くて小さな突起を見つけた。

「なんだコレ？　妙に押し込みたくなる形状だ。でも罠が発動とか……うーん押したい、押しちゃおうかなぁ……あー、押す！」

――ググッ、ガコンッ、ゴゴゴ……

芽生えた衝動に抗うことなく突起を押し込むと、隣の壁の形状が変化していき、さらに上の階につながる階段が現れた。

「え？　ボス部屋って最上階じゃ……」

不思議に思いながらも好奇心には勝てず、俺は自然と階段を上り出していた。

第8話　ダンジョンコア食ってみた！

長い階段を上り切ると部屋の中心には泉があり、その中央の小島へと続く木製の橋が架かっている。

周りの壁や床にはダンジョン内にもあった光る植物が生い茂り、泉の水面に反射する光が神聖な雰囲気を醸し出していた。

「泉の中心にあるのは祭壇か？」

導かれるように祭壇へと歩き出す。不思議と不安や恐怖感はなく、なんとなく懐かしい感覚がしていた。

小さな祭壇に着くと、目の前に虹色に輝く小さな玉が浮かんでいる。自然と手に取り眺めていると、突然〝ある者〟が笑顔で俺に語り掛けるイメージが浮かんできた。


(食っちまえよ☆)


「え！？　ゾ……ゾンビ先輩……」

混乱しながらも、もう一度小さな玉を眺め……目を閉じる。

やはり脳裏に浮かぶのは、親指を立ててニコやかに微笑みかけてくるゾンビ先輩。

「……そうだ。先輩は、常識という名の鎖を断ち切ってくれた……。先輩の教えがあるから、今の俺がいるんだ！　いっただきまぁぁぁぁす！！」

——ゴクンッ……

《ダンジョンのコアの吸収が確認されました。以後『フォレノワール迷宮』のダンジョンマスターは個体〝百目鬼 阿吽〟となり、必要値まで知力が向上します》

「え？　ダンジョンマスター？」

《分体コアの生成を開始します》

進化の時と同じように脳裏に情報が流れてくる。すると俺の腹から光の玉が出てきた。
光の玉は形を変えながら、徐々に光が収まっていく。
そして目の前の祭壇に座っていたのは……薄いピンクに鮮やかなピンク色でアンバランスにツギハギされた二頭身の体、可愛らしくデフォルメされた丸い顔に垂れた三角の耳、丸鼻の……〝豚ゾンビのぬいぐるみ〟だった。

「ぬ、ぬいぐるみ？……ハッ！　これはゾンビ先輩の化身！？」
「この、たわけがぁぁぁ！！！　わらわを食らうとは何事じゃぁぁ！　危うく、〝うんち〟になるところじゃったわぁ！」

「あ、あなたは、ゾンビ先輩なのですか！？」

「ぬ？　ゾンビ先輩とは誰じゃ……？　わらわの名前はアルス！　ダンジョンコアなのじゃ！」

ぬいぐるみが立ち上がって、腕組みしながらドヤってる……。


え？　ゾンビ先輩をご存じでない？

てかなんでぬいぐるみが動いたりしゃべったりできるんだ？

でもまぁ人間が魔物になるくらいなんだ。そんなことくらい普通か。

「アルス？　なんだ、先輩じゃないのか。ところでアルス、ダンジョンコアってなんだ？」

「き、急にふてぶてしくなったのぅ。まぁよい。ダンジョンコアとはマスターがいないダンジョンを管理しているモノじゃ。基本的にダンジョンマスターなんぞ百年に一人くらいのものじゃからな。今までは喋ったり動いたりなんてできんかったがのぉ。おぬしに食われてからなぜかできるようになったのじゃ」

「そうなのか……んー、それでダンジョンマスターってのは、何ができるんだ？　このダンジョンから出たいんだけど、それはできるのか？」

「では、いろいろと説明しようかの。まず、このダンジョンの正式名称は『フォレノワール迷宮』というのじゃ。そして、ダンジョンマスターとは〝この迷宮の支配者であり管理者〟ということじゃよ。ダンジョンマスターは魔物の召喚や回収、階層や部屋の作成、宝箱の生成、ダンジヨンポイントがあれば大概のことはなんでもできるのじゃ」

「え？　ダンジョンって、誰かが造ったり管理しているものだったのか!?　ってか、魔物の召喚とか宝箱を生成って……とんでもないことができるんだな」

「うむ。おぬしはそんなダンジョンマスターという存在になったのじゃよ。次に〝このダンジョンから出られるか〟じゃが、それは可能じゃ。ただし、この部屋にいない間は先ほど説明したことはできぬから注意するのじゃぞ？　まぁ、わらわにある程度の権限を与えてくれれば、おぬしの代わりにやることもできるがのぉ」

「そっか、じゃあ全部任せた！　ってかダンジョンポイントって？」

「なんじゃ、よいのか？　ならば任せておくがよい！　ダンジョンポイントはこのダンジョンで生成された魔物やダンジョンマスター以外の生物が、このダンジョンに入っている合計の時間や死亡者の数に応じて増えるポイントじゃ！　それで階層を増やしたり部屋を作ったり、アイテムを生成したりするのじゃよ。アイテムの作り方は……まぁ、わらわがやるから説明は不要じゃな」

「ほぉ……え？　ダンジョンって生き物が入るだけで儲かっていろいろ作れるの？　それってめちゃくちゃすげぇことじゃね？　んじゃ試しに俺の服作ってくれよ！　できれば、この角が隠せるようなやつ」

「そうじゃなぁ、それくらいならポイントもあるが……実はのぉ？　おぬしが来てくれたから、そこそこポイントは貯まったんじゃが……今はあまりポイントが残ってないのじゃ……」

「ん？　あー、もしかしてこのダンジョン俺が初めて入った……？」

「いや、たまに迷い込んでくる者はおったぞ？　おぬし以外は全員ダンジョン内で死んだがのぉ。それにダンジョンの外部であっても、常闇の森と呼ばれておる範囲であれば少しはポイントが入ってくるのじゃ。しかし、こんな辺境じゃからかの？　なかなか人も来ぬのじゃよ。それでのぉ……言い難いのじゃが……少しばかり魔物を自動生成にして休んでおったら、勝手にレッドオーガが生成されてたらしくてのぉ。それでポイントがないのじゃよ……」

「あ……あれお前の仕業かぁ！　寝てたって……んーまぁでも、生きてるからいいや！　許す！んで、レッドオーガがダンジョンに吸収されたのは、ポイント回収か？」

「それは少し違うのじゃ。死んだ魔物も回収すれば、回復させてまた召喚可能だからじゃな」

「ふーん、そういうことだったんだな」

なんだか突拍子もない話で、実のところ自分がダンジョンマスターってのになったのは全く実感がわいていない。それに、ここ数日はいろんなことがあり過ぎて既に頭がついていっていない。だってさ、殺されてゾンビになってただけでも混乱するのに、そこから二回も進化して鬼人になった挙句、ダンジョンマスターって……。理解が追い付かないのは当然だと思う。

まぁ寝る場所も気が抜ける場所もなかったところから、一応は安全な拠点ができたって考えれば十分か。

それに、話し相手がいるって結構いいもんだな。ぬいぐるみだけど……。

あ、そういえば泉があったたな。自分の姿見てくるか。

「そうか！　ある程度分かったよ！　ちょっとソコの泉に行ってくるから服よろしくな！」

「ぬぅ。正直まだ説明したいことはあるのじゃが……。都合のいいことだけ聞いて納得しおってからに。全く困った奴じゃ」

アルスは何か言っているが、一度気になりだすと自分の見た目が気になって仕方がない！　さて、どんな姿なのかね？　少し怖いけど、それ以上に楽しみだな！


泉の水は澄んでおり、光る植物のおかげで明るさも確保されて、周囲を綺麗に反射させていた。

「さて、ご対面……うぉ。これは……予想外というかなんというか……」

水に映った自分の顔は手足同様、色白で非常に整った容姿であった。

髪は全体的に銀色に光っており、毛先にかけて緑色のグラデーションになっている。

額には二本の角が生えているが、髪の毛やフードで隠せば、街に入るのに問題はなさそうだ。

「20歳くらいの見た目か？　若返ってる、ってか別人……。うーん、人間の時の面影は全くねぇな……。未練はねぇけどさ」

「何を見ておるの……じゃ？　ぬぬぬ？　こ……この姿、わらわなのか……？」

「あー、そうだな……その、なんだ……」

「な、なんて愛らしい！　ぷりちーな姿なのじゃぁぁぁー！」

「お、おぅ。気に入ったならよかったよ……。あー、それよりも服はどうなった？」

「おお！　そうじゃった！　できとるぞ、ほれ！」

アルスが渡してきたのは全て黒色で統一された冒険者用の服一式とフード付きの黒いクローク

だった。

「無難な感じでよさそうだ。ありがとな」

「よいのじゃよ！　それで、これからどうするのじゃ？」

「そうだな……実は俺、もう一つダンジョンの場所を知ってるんだよ。少し休んでから殴り込み行ってくる」

「そうなのじゃな！　あ、そういえばダンジョンマスターの能力の説明で、まだ伝えておらぬことがあるのじゃが……説明してもよいかの？」

「ん？　能力？　一応さっき聞いたことは、なんとなく理解してるけど……まぁ、このまま説明してくれ」

「うむ。ダンジョンマスターの能力は大きく分けて二つなのじゃ。まず一つ目は『迷宮内転移』と『迷宮帰還』じゃな。このダンジョン内であればどこでも自由に行き来できて、ダンジョン外からの帰還も転移で一瞬なのじゃ。すごいじゃろ？」

「ふむふむ。続けてくれ」

「二つ目は『従属契約』じゃ。分かりやすく言うと〝スカウト〟じゃな。おぬしがスカウトし、相手が受け入れれば成立じゃ。すると従属者におぬしの魔素の一部が流れ込み、魔素同士のつながりが生まれるのじゃよ。そして使えるようになるのが〝念話〟じゃ。離れていようとも、言葉を介さずとも、会話ができるのじゃよ」

《こんな感じにのぉ》

「うぉ！　びっくりした！」

「わらわも一度おぬしに取り込まれたからの。つながりができておるのじゃ。ちなみにじゃが、従属者も迷宮内転移や迷宮帰還が可能じゃよ」

「一気に情報量が増えたな……。えーっと、できるようになったのは『迷宮内転移』と『迷宮帰還』、あとは『従属契約』と『念話』だな。よし、覚えた。こんなもんか？　これ以上はさすがに覚えられねぇぞ？」

「大丈夫じゃよ。細かいことは、追々教えるのじゃ」

「分かった。ありがとな。んじゃあ、着替えてステータス確認したら、少し寝てくる」

「うむ。ではダンジョンポイントで寝床を作っておくとしようかの。おやすみなのじゃ！」

こうして俺は、ようやく安全な拠点と、数日ぶりの睡眠を手に入れた。

夢の中でも微笑みかけてくる、ゾンビ先輩に感謝を捧げながら……。

〈ステータス〉
【名前】百目鬼 阿吽　【種族】鬼人　【状態】―　【レベル】25
【HP（体力）】1000／1000　【MP（魔力）】610／610
【STR（筋力）】47　【VIT（耐久）】20　【DEX（器用）】10

【ＩＮＴ（知力）】61　【ＡＧＩ（敏捷）】65　【ＬＵＫ（幸運）】35
【称号】迷宮の支配者
【スキル】・鉄之胃袋・痛覚耐性・体術（Ｌｖ・２）・大食漢・剛腕・俊敏・品評眼

〈装備品〉・赤鬼の金棒・迷宮探索者のシャツ・ブラックバイソンのレザーパンツ・暗殺者のクローク・ブラックコンバットブーツ

第9話　略奪者の末路　～アルト王国　王都アルライン～

ここは王都酒場の一角。普段通りの喧騒の中、【赤銀の月】のマーダスと【嵐の雲脚】のブライドが酒を飲みながら話をしていた。

「ブライドさん、今回の依頼は楽勝でしたよ。武器も新調できましたし、おいしい依頼でした」

「新しい武器というのはその魔剣フラムのことか。どこで手に入れた？」

「それは教えられませんよ。いくら依頼者のあなたでもね。でも……なんであんな雑魚、殺す必要があったんです？」

普段から無表情なブライドが、微かに顔をしかめる。

「……あいつは俺の秘密を知っている可能性があるからな。放っておいて面倒なことになりたくなかった」

「へぇ。【嵐の雲脚】の裏の顔……聞いておけばよかったな」

「知れば、お前も消すことになるぞ？」

「怖いですねぇ。聞いてませんから大丈夫ですよ」

「賢い選択だな。それよりもその魔剣……もう使ったのか？」

「いえ、これから冒険者ギルドの訓練所へ行って、使用感を確かめる予定ですよ。興味ありますか？」

「赤武器の魔剣ともなると、どんな能力があるのか気にはなる」

「一緒に来ますか？　ウチのメンバーともこれから合流予定ですし」

「……同行しよう」

◇　◇　◇

マーダス達がギルドの地下の訓練所に到着すると、数名の冒険者が武器を振っている。

彼らの装備を横目で見つつ、「これから僕は魔剣の試し切りだ」とマーダスは優越感に浸りながら中央付近で立ち止まる。

「さっそく、魔力を流してみようか。加減が分からないから少しずつ流そうかな」

マーダスは魔剣に魔力を流しだす。

魔剣は魔力（ＭＰ）を流すことで本来の能力が発動する。その武器ごとに必要な魔力量は違うものの、必要量が多いほど強い能力であるとされていた。

「なかなか発動しないな。なら全力で流すか」

そしてＭＰが半分ほど減ったところで、異変に気付いた。

「な、勝手に……吸われる！　うわぁぁ」

マーダスの精神が、徐々に自分のものではない邪悪な感情に汚染されていく。

「やめ、やめろ……うぐ、ハーッハッハ！　ヒャーッハッハ！！　血ヲ、ミセロォオオ！！」

異変に気が付いた【赤銀の月】の二人が駆け寄る。

「ちょっとー、マーダス？　どうしたの？」

「様子がおかしいですわよ？　大丈夫ですの？　ぐぶぅ……」

癒術師カトリーヌの胸に魔剣が刺さるが、周囲に血が流れ落ちたりはしていない。

徐々にカトリーヌの身体から水分が抜けていくように、顔や身体が細くシワシワになっていき、床に倒れた。

「え？　なんで……きゃぁ！　アガッ　やめて！　許して！　やめあぐぁぁぁぁ！！」

さらに魔導師ステアの腹部に剣を刺し、マーダスは高笑う。徐々に赤黒くなっていく魔剣フラムに右手を侵食されながら。

「ギャーッハッハッハ！　血ダぁー。うめぇエエぇ！　もっと吸ワセろォォぉ！！」

シワくちゃになったステアを捨て置き、次々と周囲の冒険者を切り殺しながら、嗤《わら》う。

「アーッハッハッハ！！　まだだぁ！　まだ血が足りキュフッゥ……」

「やはりか。精神汚染されるタイプの魔剣……そんな気はしていた」

ブライドの手には赤く燃える剣が、視線の先には頭を切り落とされ、絶望の表情を浮かべたマーダスと、その右腕に同化した魔剣フラムがあった。

「無理やりにでも出所を聞いておくべきだった」

ブライドは無表情のまま剣をマーダスに突き刺し、さらに魔力を流す。すると剣は炎の強さを増し、マーダスを焼き尽くした。

魔剣フラムだけを残して……。

「全く、面倒なことになったな。手駒も失った。また新しいのを育てる……。いや、コイツを使ってみるか」

この王都冒険者ギルドの地下で起きた事件は、【赤銀の月】マーダスの暴走として処理され、魔剣フラムの存在はSランク冒険者『豪炎のブライド』によって隠匿《いんとく》されることとなった。

第2章 カワイイ狐をスカウトしてみた

第10話　運命の出会い　～フォレノワールダンジョンコアルーム～

「う……ん……ここは？　あー、そうだ。ダンジョンコア食って、寝てたんだった」

目覚めて大きく伸びをすると、白く長い指に少し尖った爪が見える。

「夢じゃなかったんだな。あ、そういえば夢の中でもゾンビ先輩が親指立てて微笑んでた……」

「寝坊助、起きたのじゃな」

「アルスか。俺はどれだけ寝てた？」

「軽く三日は寝ておったな。どうじゃ？　居心地はいいじゃろ？」

「そうだな、不思議と安心する場所だ。この部屋はアルスが作ったのか？」

「そうじゃよ？　コアルームの横に小部屋を作っておいたのじゃ。マスターが眠りやすいように
な。おかげでダンジョンポイントはもう空じゃ」

「そうか、ありがとな。あと、そのマスターってのむず痒いからやめてくれよ。アウンでいい」

「分かったのじゃ！　それでアウンは別のダンジョンに行くんじゃったか？」

「そうだな。ってかアルスとしては俺が他のダンジョン攻略しに行くってどうなんだ？　その
……大丈夫なのか？」

「何も問題ないのじゃよ？　ダンジョンはコアが破壊されれば、また別のところにダンジョンが
自然発生するだけじゃし、わらわと同じように取り込めばそのダンジョンもアウンがマスターじゃ」

「そうか。なら問題ないな！　よし、早速行ってくるわ。何かあったら念話で会話できるんだったな。あと、帰ってくる時は迷宮帰還で」

「バッチリじゃな。外へ出るための転移魔法陣はコアルームに作ってあるからそれを使うとよいのじゃ。気をつけて行ってくるのじゃよ」

「おう！」

コアルームを見渡すと壁の近くに外への転移魔法陣を発見した。

俺はアルスに向かって「行ってくる」と言いながらその上に両足を乗せると、アルスが短い手を振っている光景から視界は急変し、見覚えのある川のほとりへと切り替わった。

そこに魔法陣はなく、出口は一方通行になっているようだ。

「この川は……俺が流された近くか？　外への道は……うん、分かるな。誰かに見られてもいいようにフードは被っておこう。目指すは蒼緑平原《そうりょく》！」

それから数分、森の魔物は全部無視しながら走ると、蒼緑平原に辿り着くことができた。

「ここからは適当に魔物を狩りながら行きますかね、っと」

平原をまっすぐにダンジョンの入口がある方向へ歩いていく。途中向かってきた一角兎《いっかくうさぎ》やゴブリンは一撃で仕留めた。

「ん？　あれは、グレーウルフの群れか。相手は……狐《きつね》の魔獣？」

一匹の魔獣が六匹のグレーウルフに囲まれ血まみれになっていた。しかし、狐も必死に反撃し威嚇《いかく》している。

「あいつ小さい身体なのにめっちゃ根性据わってるな。複数の格上を相手にしても諦めてねぇ……。気に入った！」

俊敏を発動させて一瞬で移動し、グレーウルフと狐の間に立つ。

「よぉ、助けはいるか？」

『キューン……』

驚いた様子を見せているが、敵ではないと分かったようだ。こいつ頭がいいな。

振り向きグレーウルフの群れを見据える。

「悪いな、狩りの最中に。敵対しないなら見逃すけど……どうする？」

『グルルル……』『ヴォン！　ヴォン！』

グレーウルフが一斉に襲い掛かってくるが、動きは遅い。俺はマジックバッグから赤鬼の金棒を取り出し横薙ぎに一振りする。

……瞬殺だった。

もともと素手でも力の差は歴然だったが「赤武器の威力も試してみたいなー」くらいの軽い気持ちで使ってみると、次の瞬間には六体のグレーウルフは全て身体が弾け飛んでいた。正直……ちょっと引いた。

「剛腕使ってないのにコレか。予想以上にヤバい攻撃力だな、この武器……。ん？」

『キューン』

足元を見ると狐の魔獣が俺の足に頭を押しつけ、嬉しそうにしている。

よく見ると尻尾《しっぽ》が二本あった。

「珍しいな、お前二尾か。あ、そうだ、マジックバッグに回復のポーションが……あった！」

ポーションを狐の魔獣に振りかけると傷が癒えていく。血も洗い流されていき、陽の光で全身の毛が薄い金色に反射している。

ブルブルッと水分を払っている姿がカワイイ……。

「見たところお前一匹のようだけど、一緒に来るか？　俺の仲間になれよ」

わずかに目元をピクつかせ驚いた様子を見せていたが、二尾の狐はこくっと頷き『コンッ！』と一鳴きすると、俺との間に繋がりができた気がした。

「お、繋がったような気がする。初めてだから分かんなかったけど、これで従属契約できてるみたいだな。よろしくな！　えっとー、名前なんだ？」

『キィン……』

「ん？　ないのか？　んじゃー……【キヌ】だ！　爺ちゃんの故郷に、お前の毛色みたいに綺麗な布があるって聞いたことがある。鳴き声の響きとも似てるし、いいよな？」

『コン！』

「よし、じゃあキヌ、行くか！　まずはお前のレベル上げからだな！」

そこからしばらくは、蒼緑平原で一角兎やゴブリン、ミドルラットなどをキヌが倒していった。

思っていたよりも強い。グレーウルフもあんだけの群れじゃなかったら倒せていたかもしれない。

数匹の魔物を倒し終えると、キヌは突然ビクッと身体を震わせた。「もう進化か？」と思ったがもしかしたら、もともともう少しで進化する直前くらいのレベルはあったのかもしれない。

「俺が周りを見てるから大丈夫だぞ。力抜いて少し休んでろ」

キヌは眼をゆっくりと閉じると、少しずつ身体が変化していく。さっきまでは一角兎と同じくらいの体躯だったのが少しずつ大きくなり、グレーウルフくらいのサイズになっている。尻尾は三本に増え、毛色は少し金色が濃くなっている気がする。

『キューン！』

「無事進化できたようだな！　キヌ動けるか？」

キヌは立ち上がり、こくっと頷く。

「よし、じゃあレベル上げの続きしながら目的地に向かうか！」

進化をしてから、キヌが魔物を殲滅《せんめつ》する速度は一気に上がった。なんと魔法を使いだしたのだ。俺の顔くらいある半透明な玉を空中に作り出し、魔物に向かって飛ばす。当たった魔物は動かなくなる。戦闘終了。

え？　強くね？　ズルい……俺も魔法使いたい。人間の時は少し水を出すくらいなら使えていたが、今試してみてもそれはできない。

羨ましそうにキヌを見ていると嬉しそうに『コンッ！』と鳴いている。……うん、カワイイ。

そうこうしながら、魔物を一方的に殲滅していると、前方から一台の馬車が近付いてきた。どうやら行商人の馬車のようだ。

「いやー、遠くから見させていただきましたが、お強いですね！　テイマーの方ですか？　あ、申し遅れました。私は行商人をしております、バルバルと申します」

馬から降りて挨拶してきたのは、若い男の獣人だった。頭からはモフモフの耳が生えている。身体的特徴からは……なんの動物だ？

「あ、気になりますか？　私はレッサーパンダの獣人です。というかあまり驚かれないのですね？」

「すまん……俺まじまじと見てたか？　獣人には会ったこともあるからな。そんで、なんか用か？」

「あの……不躾《ぶしつけ》ではございますが、一角兎の肉を買い取らせていただきたいのです」

「肉？　毛皮とか角とかじゃないのか？」

「それはですね、ここから南東に進んだ所に『ニャハル村』という私の故郷があるのですが、今年は村の周りに強い魔物が出現するようになりまして、狩りがあまりできず食糧が不足しているそうなんです。それで少しでも多くの食料を運びたくて……少し相場より高く買い取らせていただきます。いかがでしょうか？」

「そうか……まぁ、そういうことならタダでいい。困ってるんだろ？　その代わり、今度俺が困っていたら助けてくれよ。な？」

「な、なんて優しい方なんだ……必ず御恩を返すとお約束します！　あの、お名前を伺ってもよろしいでしょうか？」

「アウンだ。よろしくな！」

『ハウゥン！』

横を見るとキヌが〝アウン〟と言おうとしている。そういえばキヌにも俺の名前を伝え忘れてた……ごめん。ってか、やっぱりなんとなく会話分かってるんだな。本当に頭がいい。そしてカワイイ。モフモフしたい……。

「アウン様ですね。よろしくお願いします！　この御恩と約束は忘れません！」

「アウンでいいよ。一角兎は荷車に積めばいいか？」

「あ、はい！　お願いします！　あと呼び捨てはできませんので、アウンさんとお呼びしてもよろしいですか？」

「うん。まぁ、それくらいなら……」

そう言いながら十五匹の一角兎をマジックバッグから取り出した。

バルバルは驚いていたが、たぶんマジックバッグの容量に対してだろう。「内緒にしてくれよな」と言うと首を激しく上下に振っている。

「ありがとうございました！　それでは、アウンさんも道中お気をつけて！」

「おう、またな！」

別れの挨拶をすると、バルバルはこちらに何度も手を振りながら馬車を走らせていった。

「さて、俺達も行くか！」

『コンッ！』

　そして一人と一匹は、また魔物を蹂躙《じゅうりん》しながら平原を進んでいくのだった。

〈ステータス〉
【名前】百目鬼 阿吽　【種族】鬼人　【状態】―　【レベル】28
【HP（体力）】1000／1000　【MP（魔力）】610／610
【STR（筋力）】47　【VIT（耐久）】20　【DEX（器用）】10
【INT（知力）】61　【AGI（敏捷）】74　【LUK（幸運）】35
【称号】迷宮の支配者
【スキル】・鉄之胃袋・痛覚耐性・体術（Lv・2）・大食漢・剛腕・俊敏・品評眼
〈装備品〉・赤鬼の金棒・迷宮探索者のシャツ・ブラックバイソンのレザーパンツ・暗殺者のクローク・ダークコンバットブーツ

第11話　約束と決断

獣人行商人のバルバルと別れてから数十分後。狩りをしながら進んでいると、いつの間にか目的のダンジョンの入口付近に到着していた。

殺される少し前、このダンジョンを見つけたのは本当に偶然だった。

蒼緑平原でのクエストを終えレクリアへ帰っている最中、岩に寄りかかり休憩をしていると、その岩が少しだけ動いた気がしたのだ。

確認するために動いた方向へ思いっきり押してみると、岩の下に小さな魔法陣があった。

その時と同じように岩を動かしていくと、地面に光る魔法陣が現れる。

「ダンジョンに入る前に、なんとかキヌのステータス確認したいんだけどな……。アルスに聞いてみるか」

《アルス、聞こえるか？》

《うむ、聞こえておるぞ？　どうしたのじゃ？》

《実は狐の魔獣と従属契約をしたんだけど、キヌのステータスをなんとかして見れないか？》

《契約をしたのは知っておるぞ？　ダンジョンの機能の一部じゃからな。従属者のステータスを

見る時は、従属者の身体の一部に触れながらステータス確認をすれば見ることができるのじゃよ》
《マジか！　助かった、ありがとな！》
《うむ！　では頑張るのじゃ！》

さすがアルスだ。一瞬で問題解決しやがった。あいつめちゃくちゃ優秀なんじゃ？

あ、でも寝ててレッドオーガ召喚しちゃったんだったか……。

「キヌ、ちょっとステータスってのを確認したいから、頭に触れるけどいいか？」

するとキヌは『コォン！』と一鳴きし、顔を摺り寄せてくる。はぁ、カワイイ……モフりたい。

おっと、危ない。本題を忘れるところだった。

俺は軽くキヌの頭を撫でながらステータスを確認した。

〈ステータス〉
【名前】絹《キヌ》　【種族】智狐《ちこ》　【状態】―　【レベル】15
【HP（体力）】553／1100　【MP（魔力）】210／350
【STR（筋力）】10　【VIT（耐久）】15　【DEX（器用）】5
【INT（知力）】35　【AGI（敏捷）】15　【LUK（幸運）】10
【称号】迷宮従属者
【スキル】・エネルギーボール：無属性攻撃魔法（MP消費5）

・ヒーリング：無属性回復魔法（ＭＰ消費20）
・エネルギーウェイブ：無属性範囲攻撃魔法（ＭＰ消費20）

「おー、見えた……うわぉ！　これは、とんでもないステータスとスキルだな」

『コォン？』

「いやいや、いい意味でだよ。そうか、グレーウルフに囲まれて耐えることができたのも納得できた。もともと耐久と体力が高かったんだな！　それに知力がずば抜けてる。普通に攻撃するより魔法のほうが敵を早く倒せたのはこのステータスだからか。スキルもすごいな……。キヌは前衛でも戦える魔法職って感じだ。何それ、ズルい」

『キューン？』

「いや、褒めてるんだって。全然ダメじゃない！　むしろ最高！　それでキヌはこれから、できるだけ〝知力を上げたい〟って考えてみてくれ。もっとよくなっていくかもしれない」

できるか分からないが、従属者になったんだし俺みたいにステータスの伸びが変わる可能性もある。やっておいて損はないだろう。

「あと、自分に向けてヒーリングって魔法使ってみてくれないか？」

『コォン！』

おー、光った！　ＨＰはどんだけ回復したかなーっと…………一回で２００近く回復してる！？　もしかして知力で回復量も変化するのか？

いやいやいや、さすがにそれは……でも、そうだとしたら今後進化していったら伝説級の魔物になっちゃうかもしれない。

すげー！！　キヌすげぇぇぇ！！

「キヌ、すごいぞ！　俺と一緒に伝説級を目指そう！　誰にも負けないくらい強くなろう！」

『コォォォン！！』

俺とキヌ、二人での目標も決まりだな！


「んじゃあ、さっそくダンジョンに殴り込みに行くかぁ」

俺がキヌの頭を片手で撫でたままその魔法陣に触れると視界が切り替わった。

隣を見るとキヌも一緒に転移されている。少し混乱しているようだけど不安ではなさそうだ。

このダンジョンもフォレノワール迷宮と同様で一階は通路型のダンジョンだ。明かりは所々にトーチが設置されている。

まずはキヌに説明と確認しておくことがあるな。

「えっとな、ここはダンジョンって言って魔物がたくさん出る所だ。だからレベルを上げるのにも都合がいい。とりあえず出てきた魔物は全部倒していく。あと食えそうな魔物がいたら肉を食っていくけど、キヌも魔物の肉を食うのは大丈夫か？」

『コンッ！』

「よし、んじゃあ進むぞ」

歩いてみて分かったが、ここはフォレノワール迷宮より、かなり複雑に入り組んでいる。

そのため曲がり角が多く、急に魔物に出くわす可能性がある。さらに目印もなく、壁に傷をつけてもそのうち修復されるようだ。

魔物の骨なんかを一応置いておくけど、これも吸収されてしまいそうだ。

常に左壁に沿って行けば階段に辿り着ける可能性も高いため、なんとかなりそうだが……フロアの中央に階段があった場合、見つけるのに時間がかかるだろう。思ったより厄介かもしれない。

ただ、出てくる魔物はゴブリンやグレーウルフだ。俺もキヌも一撃で倒せるので今のところ問題はない。

最初にグレーウルフが出てきた時は、キヌが暴走して滅多打ちにしていた……。やっぱりあの時は悔しかったんだな。

「そういえば、前はここに宝箱があったんだけど……今はないな。そして行き止まりか」

ここで自分のステータスを確認してみると【レベル】が29となっていた。今まで進化したタイミングはレベル10でグール、20で鬼人だった。となると30レベルで次の進化がある可能性が高い。

「キヌ、言っていなかったんだが、実は俺も魔物なんだ。それでそろそろ進化する可能性がある。進化の最中は数分動けなくなるだろうから、その時は頼んだ！」

『キューン！』

〝任せて！〟って感じだな。頼もしい！　やっぱりキヌと契約できてよかった。安心して進もう。

その数分後、ゴブリンを数体倒すと身体が痺れた。前方からはグレーウルフの群れが来ているが、今のキヌならば問題ないだろう。

「つぐ……キヌ、進化がきた。あとは、任せた」

『コォン！』

ゆっくりと目を閉じ、身体の力を抜く。……すると脳裏に情報が流れてきた。

《自己の属性を選択してください。条件を満たしているため、二属性選択が可能です》

【水属性】

【樹属性】

【闇属性】

【雷属性】

……………は？　進化じゃなくて属性選択！？　考えてなかった！　時間的な猶予はどれくらいある？　ゆっくり考えたい！

二属性って言ったか？　えーい、もう直感だ！！

（雷と闇！）

《確認しました。次に進化先を選択してください。条件を満たしているため特殊進化が可能です》

【人間（特殊進化）】

【鏡鬼《きょうき》ドッペルンゲンガー】

【雷鬼《らいき》（特殊進化）】


あかーーん！　情報量が多過ぎる。冷静に考えられる気がしない！

ってか【人間】！？　は？　人間ってあの人間？　ヒューマン？？

とりあえず【ドッペルンゲンガー】は除外！　魔物としては強いし厄介だが、魔物図鑑で見た感じだと能力が使いにくそうだ。うん、こうやって一つずつ考えよう！

あとは【雷鬼】だが、これも鬼人同様やはり魔物図鑑には載っていない。あー、もう！！！

…………いや、待て。そうだよ。俺は何を目指してる？

俺は、キヌと何を〝約束〟したんだ！？

あー、スッキリした！　最初から答えなんか出てるじゃないか。

俺が選ぶのは……


「……雷鬼だ！！」

目を開き答える。その視界にキヌを映しながら……。

直後、周囲は閃光で埋め尽くされた。

第12話　雷鬼と空狐《くうこ》

光が収まるとグレーウルフを倒し終えたキヌが心配そうに駆け寄ってきた。

「ふぅ……大丈夫だ。今回は思ったより痛みはなかった。少し視界が高くなった気がするが、見た目の変化は……キヌ、俺変わったか？」

『キューン！』

「角？　おぉ……長くなってる。もう人間に未練はないし、見た目の変化は正直どうでもいいんだけどな。さて、ステータス確認するか。キヌ、もう数分だけ周囲の警戒を頼む。ステータス！」

〈ステータス〉
【名前】百目鬼 阿吽　【種族】雷鬼　【状態】―　【レベル】30　【属性】雷・闇
【HP（体力）】1700／1700　【MP（魔力）】780／780
【STR（筋力）】68　【VIT（耐久）】20　【DEX（器用）】10
【INT（知力）】78　【AGI（敏捷）】95　【LUK（幸運）】35
【称号】迷宮の支配者
【スキル】・鉄之胃袋・痛覚耐性・体術（Lv・2）・大食漢・品評眼
・剛腕、俊敏→迅雷《じんらい》：5分間STRとAGIが100％アップ（MP消費50）

・電玉《でんぎょく》：雷属性攻撃魔法、同時展開上限3（MP消費15×展開数）
・装電《そうでん》：INT値の30％をSTRとAGIに加算、攻撃に雷属性付与（MP消費30）
・空踏《くうとう》：高い俊敏性と筋力を使い、空中でもう一段跳ぶことができる。

「つっよ……れ、冷静に情報を整理しよう。できることを知っておくことは最重要だ」

ステータスは【ＳＴＲ（筋力）】、【ＩＮＴ（知力）】、【ＡＧＩ（敏捷）】が爆増した。身体が少し大きくなったのはステータスの変化も関係していそうだ。いや、それよりもだ……スキルがとんでもない。

まず、【空踏】だが、空中で体勢を変えたり、もう一段ジャンプすることができる優秀スキルだ。人間でも稀にこのスキルを持っているが、身体能力の高い者ばかりだった。

次に【電玉】。これを見た時はめちゃくちゃ嬉しかった。ついに魔法を使えるようになったのだ。後で使ってみよう。

最後はステータス強化系スキル、通称バフスキル。【剛腕】と【俊敏】が【迅雷】というスキルに統合され、５分間ＳＴＲ《筋力》とＡＧＩ《敏捷》が１００％向上というものだが……要するに『二倍』。これだけでも既にヤバい。【迅雷】を発動してゴブリンにデコピンしたら多分頭が弾け飛ぶだろう。

【装電】はＩＮＴ《知力》値の30％をＳＴＲ《筋力》とＡＧＩ《敏捷》に加算し、攻撃に雷属性付与するというものだ。【迅雷】を見た後にこの数値を見ると正直少なく感じる。ただ、このスキル二つの〝組み合わせ〟が強過ぎるのだ。もっと言えば、使う〝順番〟でとんでもないことになってしまう。

「これ【装電】使ってから【迅雷】を使ったら……エグい数値になるんじゃ」

で、計算をしてみるとSTR《筋力》は68から182に、AGI《敏捷》は95から236に跳ね上がる。

……STR《筋力》に関しては基礎値の『約2・7倍』、AGI《敏捷》に関しては『約2・5倍』になってしまうのだ。

「強過ぎんか？ ……いや、逆だな。まだこんなもんじゃ足りん！ 俺達が目指してるのは人間の中での最強じゃない。全ての生物の中での最強だ！ 世界は広いからな。伝説のドラゴンや神話の中で出てくる神獣なんかもこの世界のどこかにいるかもしれない。出会った時に後悔なんか絶対したくない！ もっと強くならなきゃな！」

それに多分、爺ちゃんは今の俺よりも強かったんじゃないか？ と考えつつキヌに話しかける。

「キヌ、確認できた。ありがとな！ 広い場所に出たらいろいろ試してみる。とりあえず二階層を目指そう」

『コンッ！』


その後二時間ほど迷いながら歩き、二階への階段を見つけた。

ゆっくりと上っていくと、そこは10m四方の広めの部屋、湧き部屋だった。中にいるのはゴブリン、グレーウルフ、ゴブリンファイター、ゴブリンランサーなどEランクの魔物二十匹程度。

今の俺からすれば雑魚だ。肩慣らしにもならない。

「キヌ、危なくなったらすぐ助けるから好きに暴れてこい」

『クォーーン！』

一鳴きするとキヌは壁際に向かって走っていく。何か考えがあるようだ。

集団の端に到着すると、魔物に向かってエネルギーウェイブを連射する。四発で敵の約半数が動かなくなっていた。

「範囲魔法か！　あえて魔物を引きつけて一気に殲滅、やるなぁ」

半数となったゴブリン達は距離を取りながらキヌを囲むが、連携は取れておらずバラバラに攻撃している。キヌは一匹ずつ丁寧にエネルギーボールや爪、牙での攻撃でしとめながら相手を壁際に誘導していく。最後は三匹のゴブリンランサーをまとめてエネルギーウェイブで倒した。

「この数の集団相手にほぼ無傷。しかも効率を考えて戦闘を組み立てるなんて、さすがキヌだな！」

『コン！』

少し誇らしげにしていたキヌだが、ビクッと身体を震わせ出した。

「まさか、もう進化か！？　大丈夫だ。今度は俺が守ってる。安心しろ」

軽く背中を撫でると、安心したように目を閉じた。

次はどうなるんだろ？　と期待しつつキヌの変化が終わるまで優しく背中を撫で続けていた。

キヌの変化はすぐに終わった。また身体が一回り大きくなり、もう俺を乗せて走れそうなサイズだ。そして尻尾が四本に増えている。目を開けたキヌは嬉しそうに身体を寄せてきた。ハァ、カワイイ……。

「キヌ、ステータス見させてくれ」

コクと首を縦に振ったキヌの頭を撫でながらステータスを確認する。

えーっと、変化したところは、っと……種族が【空狐《くうこ》】で、ステータスは耐久と器用さと知力が主に向上している。

スキルは【明哲《めいてつ》】が追加されており、効果は『INT《知力》の50%向上』だった。キヌの魔法の威力がさらに上がったようだ。

「キヌ、【明哲】っていうスキルを獲得してる。次の戦闘からはこれを使ってから魔法攻撃をしてくれ。あ、あとこれからは自分でステータスを確認して、どうやったら戦闘が有利に進められるか事前に考えるようにしてみよう。確認の仕方は分かるか？」

多分キヌなら、俺がどうこう言うより自分の力を把握し上手く使いこなしていけるだろう。時々確認させてもらうし、モフモフさせていただくが。これは俺の癒やしと活力のために必須の行為だ！　……うん。

『クォン！』

キヌはコクっと頷き部屋の奥を見る。三階層への階段だ。早く闘ってみたいのか？　成長した自分を試してみたい気持ちはよく分かる。

俺も早く試したい！　あー！　ボスはまだか！！

逸る気持ちを抑えながら俺達は三階へと続く階段を上っていった。

第13話　蒼緑平原ダンジョンの中ボス

三階層に上がると一気に視界が開けた。ダンジョンの中であるはずだが、そこには草原や岩場が広がっている。空を見上げてみると雲まで浮かんでいた。しかし太陽はどこを探しても見当たらない。明るいのに光源がないという不思議な光景だが、それがダンジョンの中であることを示しているようでもあった。

「これは次の階層を見つけるの苦労しそうだな。まぁこんだけ広ければ暴れやすいか」

次は俺もスキルを検証してみよう。

「お、さっそく岩場の陰からブラックウルフがこっちを見てるな！　キヌ、次は俺に試させてくれ」

『コォン』

よし、了承も得られたってことでやっちゃいますか！　ブラックウルフはDランクの魔物だから検証しやすそうだ。岩場のほうへ歩いていくと、岩の陰から三匹のブラックウルフが姿を見せた。

「電玉」

こぶし大の黄色く光る電気の球が三つ現れビリビリと俺の近くで停滞している。

狙いを定め電気の球が飛んでいくイメージを描くと高速で電玉が飛んでいく。一発ずつ命中するが、これだけでは倒し切れていない。威力に関しては弱めだが、電玉に当たったウルフは身体が思うように動かせていない様子だ。

「もしかして状態異常効果？　となると、かなり有用なスキルだな」

実際のところ、単純な攻撃力としてはバフを発動して殴れば楽に出せる。だが、相手の動きを遅くさせることができるようなスキルはこれが初めての取得だ。そう考えると、【雷玉】は俺の長所をさらに伸ばすことが期待できる。ただ、現状の俺の欠点も見えてきた。

「範囲攻撃がないんだよなー。同格の敵が複数体出現した場合を想定すると、範囲攻撃も欲しいな」

そんなことを考えているとブラックウルフの動きが戻ってきている。

「さて、仕留めるか」

【迅雷】を発動させると、俊敏を発動した時よりもさらに周囲がゆっくりとなったのが分かる。試しに全力で移動し一発ずつブラックウルフ達を殴って頭を粉砕した。振り向いてキヌのほうを見ているとキョトンとした顔をしている。正直、キヌにカッコいいところを見せたかったのは内緒だ。

歩いてキヌの所へと戻っていくと、四本の尻尾をブンブン振り回して目を輝かせている。ドヤっ！！

「お前の相棒は強ぇだろ？」

『クォン！！』

この調子なら【装電・迅雷】のコンボはボスまでお預けかな。

その後はまた数時間キヌのレベル上げを行いながら平原を歩き回った。Dランクの魔物相手でもキヌなら全く問題はなく、出会った魔物はキヌが全て倒していた。

ダンジョンだからか、全然夜になる気配はない。俺は魔物になってからはあまり眠らなくても大丈夫にはなったが、キヌは大丈夫なのだろうか？

「キヌ、疲れてないか？　眠くなったりしてたら休憩するぞ？」

『クオォン』

横に首を振っているから大丈夫ってことなんだろう。キヌのMPも自然回復をしており少し減ってはいるが、連続での戦闘がない限りは問題なさそうだ。

「んじゃ一気にこのダンジョン攻略しちまおう！」

そう話をしていると、遠くのほうに建造物が見えてきた。

よく見ると大きな扉があり、その向こうはボス部屋のようだ。しかし、その前に陣取っているのはCランクの魔物が六体。トロールが三体とグレーターウルフが三匹だ。コイツ等を倒さないとボス部屋には入れないってことだろう。

トロールに関しては肉体の再生能力があるため、中途半端な攻撃では再生速度に負けてジリ貧になってしまう。

「グレーターウルフのほうは任せるぞ」

『クォン！』

俺とキヌは左右に分かれ、それぞれの魔物を誘導していく。俺に関しては挑発なのだが……

「おいデカブツども、まとめてかかってこいや。1分持ち堪えたら尻尾巻いてダンジョンから出ていってやんよ」

俺がそう言うとトロールは叫びながら三体同時に攻撃を仕掛けてくる。意味分かってるのかな？　と考えつつも【装電】を発動し、赤鬼の金棒をマジックバッグから取り出し先頭の一体を思い切り殴ってみた。

一体目のトロールは右肩が弾け飛ぶが、そのまま左手に持っている木の棍棒で攻撃をしようとしており、痛覚耐性も持っているようだ。しかし、傷口はあまり再生している様子はない。そこまで再生能力が高いわけではなさそうだな。

「早く再生しないと1分持たねぇぞ？」

右手に持っている赤鬼の金棒は、重さを全く感じず、妙に手に馴染む感じがする。

振り下ろされたトロールの武器目掛けて金棒を振り上げ、棍棒を一撃で粉砕。その勢いのまま回し蹴りを顔面にぶち込む。続けて左の拳を脇腹にめり込ませると、それだけで一体目は絶命していた。

二体目のトロールも棍棒での攻撃を躱しつつ、後ろから後頭部を金棒で思いっきり殴る。そのまま頭が吹き飛んで回復もしない。三体目は金棒をマジックバッグに収納し、素手で四発程度殴ったら動かなくなってしまった。

「三体で12秒か。もう少し粘るかと思ったんだけどなー」

キヌのほうを見ると、二匹のグレーターウルフをエネルギーウェイブで牽制しつつ、一匹に集中してエネルギーボールを連射し仕留め終えていた。容赦ない……。

残りの二匹が同時に攻撃を仕掛けてくると、ダメージを受けることは承知の上で一匹に標的を絞り体当たりをする。もう一匹に背中を噛まれながらも、倒れている個体にエネルギーボールを連射。途中でヒーリングを挟んでおりＨＰ管理はしっかりと行なっている。

二匹目を仕留め終えると攻撃の合間を見計らい、後ろ足で蹴り上げて距離を空け、再びエネルギーボールの連射で決着をつけていた。


終わってしまえば一対三でも圧勝していたしキヌにしかできない戦い方だが、噛みつかれた時はドキッとして思わず助けに向かおうとした。

この先のことを考えて「過保護になり過ぎないようにしなければ」と思い留まり拳を握りしめて我慢したが、俺の手のひらには爪が食い込み地面に血が滴り落ちていた。

『クオーーン！』と大きく勝鬨《かちどき》を上げるキヌを見ると、我慢してよかったと思うのだが……。

一応手のひらの傷はバレないようにポーションで治療しておいた。

「キヌ、お疲れ。すごい戦い方だったな」

『クゥン』

「さてと、ボス戦だが、少し休んでＭＰ回復してから行くか。ん？」

扉に目を移すと宝箱が出現している。色はついていないノーマルなタイプのものだ。罠を警戒しキヌに少し離れてもらってから開けてみると、罠はなく中には装飾品のようなものが入っていた。品評眼で鑑定してみると、

《秘匿《ひとく》のピアス：鑑定からステータスを秘匿できる。ただし高位の鑑定は防ぐことができない》

「おぉ！　これは当たりだ！」

街に入るにしてもこのアイテムがあるのとないのでは安心感が違う。レアリティーは青となかなか希少な装飾品だ。

「キヌ、これ俺が使ってもいいか？」

そう聞くと首を縦に振っている。ありがたく使わせてもらおう！

秘匿のピアスを左耳に着け、一時間ほど扉の前で休憩した。

新たな魔物は現れず、キヌのＭＰも八割ほどまで回復したため、気合を入れ直しボス部屋への扉を開いた。

第14話　黒雷

ボス部屋の中へ入ると、フォレノワールダンジョンのボス部屋と同じくらいの広さ、高さがある部屋が広がっていた。そして待ち構えていたのは二つの巨体……。

牛の頭に茶色い巨体、両手で巨大なハンマーを持っているBランク上位の牛頭鬼《ごずき》と、馬の頭に筋肉質の青黒い身体、その身の丈に合う巨大なサイズの鉄塊のような片刃剣を持ったBランク上位の馬頭鬼《めずき》。

「Bランク上位が二体ってのは厄介だな。一体ずつやるしかないか……」

一歩踏み出すと牛頭鬼と馬頭鬼はゆっくりと武器を構え動き出した。

「キヌ、サポートに回ってくれ。一体ずつ倒す」

『クォーン！』

どちらから優先して倒すべきかを頭の中で考えながら、マジックバッグから赤鬼の金棒を取り出す。

「まずは馬頭のほうから仕留める。牛頭を魔法で牽制してくれ」

キヌにそう伝えると、牛頭鬼に向かってエネルギーボールが即座に放たれる。俺も【電玉】で牛頭鬼の動きを鈍らせつつ、馬頭鬼に向かって走った。

一撃目は様子見のつもりで左わき腹を狙うが避けられてしまう。敵の動きが思ったよりも速い。

俺がバックステップで少し距離をとると、馬頭鬼はすぐさま切りかかってきた。

避けることはできるスピードだが、武器の破壊を狙い、巨大片刃剣に赤鬼の金棒を叩きつける。

吹き飛ばすつもりで殴ったが、両者の力は拮抗している。

違和感を覚えた。この馬頭鬼一体だけで見ても、同ランクのはずのレッドオーガよりも遥かに格上だ。

「まさか、こいつら……特殊個体か!?」


――ドゴォォン!


その直後、後方から轟音が聞こえた。

すぐさま赤鬼の金棒をマジックバッグに収納し、バランスを崩した馬頭鬼の腹を蹴り飛ばして振り返ると、キヌが壁際で倒れ込んでいた……。

俺は急いで駆け寄りステータスを確認する。HPは残り210、状態は『気絶』となっている。

急いでマジックバッグからポーションを取り出し、キヌに振りかけるが、気絶は治っていない。

最悪の状況が頭によぎり、一瞬血の気が引いたが、ステータスを見る限り大丈夫そうだ。

立ち上がって振り返り、二体の敵に向かって歩いていく。

………怒りがこみ上げてくる。

キヌをこんな状態にした敵に対してもそうだが、何より〝敵の強さを見誤り〟さらに〝様子見〟なんてことをした自分自身に対して、猛烈に腹が立った。

「楽に死ねると思うなよ……家畜どもがぁぁぁぁ！！」

そう呟くと俺の周囲に黒い電気が迸《ほとばし》り、俺の中で何かがキレた気がした……。

「【装雷】、【迅雷】」

牛頭鬼に向かい全速で駆け、俺の姿を完全に見失っている牛頭鬼の頬に右の拳を捻じ込む。

その巨体が吹っ飛んでいくが、それよりも速く回り込み、飛んできた牛頭鬼の背中を蹴り上げ、さらに電玉三発を浮いた身体目掛けて投げた。そして高く飛び上がり牛頭鬼のさらに上へと移動、空中でマジックバッグから赤鬼の金棒を取り出しそのまま腹部に叩きこむ。

地面が大きく凹むほどの力で叩きつけられた牛頭鬼は、腹が大きく抉れ、口から血を吐き絶命した。

「おい馬野郎、よそ見してんなよ……」

牛頭鬼を叩き落とした直後、俺は【空踏】を発動し、空中から一瞬で馬頭鬼の真横に移動していた。

着地と同時に赤鬼の金棒を両手で持ち、フルスイングを胸部に当てる。

馬頭鬼は吹っ飛び、壁に叩きつけられ、グッタリしていくが、俺は構わず最速で肉薄し、その勢いのまま鼻頭に飛び膝蹴りをぶち込んだ。

壁と膝で挟まれた頭部が砕け、鼻が潰れ、目や耳から血が噴き出して馬頭鬼は倒れ込み……そのまま二度と動き出すことはなかった。


二体のボスを倒し終え、スキルを解除し振り向くと、キヌが立ち上がりゆっくりとこちらへと歩いてきていた。

「キヌ！　大丈夫か！」

すぐに駆け寄ると嬉しそうに尻尾を振っている。とにかく大丈夫そうでよかった。

キヌのステータスを確認すると、ヒーリングで回復したのかＨＰは５１０まで回復していた。

そして……レベルが30になっていることに気付く。

「キヌ、おまえ進化……」

『コンッ』

一鳴きするとキヌはゆっくりと目を閉じ、力を抜いた。するとキヌの身体が光り出す。

（まさか、俺を心配させないように……ちゃんと確認して安心できるまで、進化の痛みを我慢してた……）

キヌの優しさが分かった途端、自分の不甲斐なさと、こんな俺を一番に考えてくれている嬉しさで、鼻の奥がツンッとした。

俺は、キヌを優しく撫でながら、涙をグッと堪えていた。

（ダメだ、絶対堪えろ！　キヌが目を開けた時に、安心させてあげられるように……）

光が収まると、綺麗な金の毛色がさらに濃く美しくなり、尻尾が五本に増えたキヌが目を開けていた。

……多分笑えていたと思う。

……ちゃんと笑顔は作れていたはずだ。

キヌは立ち上がるとそっと俺に顔を近づけ、頬に伝った涙を拭ってくれた。

第15話　二つ目のダンジョンコア吸収

「キヌ、ありがとな。もう大丈夫だ」

やばい、冷静になるにつれて急に恥ずかしさが込み上げてくる。なんとかごまかさなくては！

キヌにはもう何もかも見透かされている気がするが……。


お！　ちょうどいいところに宝箱が！

「キヌ、赤色の宝箱だぞ！」

え？　何その「はいはい、ノってあげるか」みたいな表情！　俺が開けちゃうぞ？　いいのか？

「どうぞ？」って顔してるな！？　なんか立場が逆転している気がするが、まぁいいや。

「開けるぞー！」

宝箱を開けると綺麗な布が畳まれて入っていた。鑑定してみると、

《阿久良王《あくらおう》和装：防御力20。強靭な鬼が使用していたとされる和装一式、男性用装備》

とんでもねぇモン出てきたぁぁぁ！！！　レアリティー赤！？

これ俺が使っていいよな！　キヌは女の子だもんな！

ん？　女の子……だよな？

「キヌ、レアな装備が出てきたんだが……どうやら男性用らしい。俺が使っていいか？」

『コンッ！』

よし、さりげなく女の子って確認できた！　俺ナイスだ！

「んじゃ早速装備しますかね！」

着てみるとサラサラとした肌触りで、動きに制限も受けず意外と動きやすい。

こんな感じの服を着てたのは爺ちゃんくらいしか見たことないけど、憧れに近づけたようで恥ずかしくも嬉しくなってきた。

しかも防御力20。今までの装備一式合わせても防御力は8だったから大幅に強化されたということだろう。

今着けている装備も目立ちたくない時に使うだろうし、アルスに貰ったものだからな。大切に保管しておこう。

「さてと、あとはコアルームの入口を探すだけだな！　ん？　キヌどうし……え？　もう見つけてる」

キヌできる子っ！！　俺が着替えてる時に部屋の中を歩き回ってたからか？

壁にあった出っ張りを押し込むと下の階層へと降りる階段が現れた。

階段を下りコアルームへ入ると、四方を石壁に囲まれた、異様に天井の高い空間が広がっていた。

床には綺麗に整った芝生が広がっており、その中心には大木がそびえ立ち、風もないのに葉が静かに揺れていた。キヌもその光景に驚いている様子だ。

大木の根元には中に入ることができる穴が空いており、チラッと祭壇が見えていた。

ゆっくり祭壇へと歩みを進め大木の中へ入ると、祭壇の上に虹色の玉が浮かんでいる。二度目であるため、何も躊躇せずダンジョンコアを手に取り……

「いただきます」

——ゴクンッ

隣を見るとキヌがギョッとしている。まぁそうなるよな。

《ダンジョンのコアの吸収が確認されました。以後『プレンヌヴェルト迷宮』のダンジョンマスターは個体〝百目鬼 阿吽〟となり、必要値まで知力が向上します》

「よし、無事吸収できたな」

《分体コアの生成および獲得済みダンジョンとのリンクを行います》

「今度はどんな分体なんだ？」

腹から光の玉が出てくる。それが徐々に形を変え、光が収まった。

「狼ゾンビのぬいぐるみ……そうきたか」

『キュゥ？』

「ぎゃぁぁぁ！　食われてしまったでござるぅぅー！」

「よぉ、おまえダンジョンコアだよな？」

「むむ？　拙者《せっしゃ》は突然食われたはずじゃぁ？　む……そういうことでござるか。おぬしがマスターでござるな？」

「俺の呼び方はアウンでいいよ。こっちはキヌだ。お前の名前はなんっていうんだ？」

「拙者はイルスでござる！　アウン、キヌ以後よろしく頼むのでござる！」

「イルスか。よろしくな！　あー実は、俺はここ以外にもダンジョンマスターになってるんだ、フォレノワールってダンジョンだ」

「おぉ、そうみたいでござるな！　拙者にはダンジョンマスターの持つ繋がりが分かるのでござる。では追加された能力だけ説明すればよいのでござるか？」

「そうだな。よろしく頼む。キヌは少し休んでおいたほうがよさそうだな」

『クゥン？』

「いや、一応だよ。結構ダメージ食らってたし、休まず戦闘を繰り返してたからな。ヒーリングで治療して少し休んどけ。イルスから説明聞いたら数日はゆっくりしよう」

キヌはコクッと頷き、芝生のほうへと歩いていった。

「それでは説明に入るでござるよ。追加されたものは二つでござる。一つ目は【迷宮間転移】、アウンが支配しているダンジョン間は転移が可能でござるな。これは従属者も可能でござる」

「ほぅ、便利な機能だな！　続けてくれ」

「二つ目は、【迷宮同期】でござるな。支配したダンジョン同士で獲得済みの魔物や施設を移すことができるでござる。ダンジョンポイントも共有化されるでござるよ。簡単に説明すると以上でござる！」

「迷宮間転移と迷宮同期だな、理解した。ここはダンジョンポイント結構貯まってるのか？」

「そうでござるな！　ダンジョンポイントはこのダンジョン周囲の魔素の流れや生物が死亡した時に流れ出るエネルギーの吸収も関係しているでござるが……今、説明聞くでござるか？」

「うーん、結構難しい話になりそうだな。フォレノワールダンジョンを吸収した時に、簡単な説明はアルスから説明受けてるし、その話はまた今度でいいか？　今は結構ポイントがあるってことが分かっただけでいい。あと、このダンジョンのことは今のところ全部イルスに任せるから、フォレノワールのコア、アルスと相談していろいろ決めてくれ。ダンジョンを使ってできそうなことで、ちょっと考えはあるんだが……まだ先の話になりそうだから、今はできるだけダンジョンポイントを貯めておいてくれると助かる」

「分かったでござる！　アウン達が休む場所はどうするでござるか？」

「一旦フォレノワールに戻るから作らなくて大丈夫だ。キヌと合流してから、フォレノワールに転移で戻ってみるわ。また顔出すよ！」

「念話もできるでござるから、何かあったら呼ぶでござるよ！」

「おう、ありがとな！　んじゃ」

俺は、イルスから一通りの説明を聞き終え、大木の外へとキヌを探しに向かった。

第16話　変化と安心

イルスから説明を聞いた後、キヌを探しに木の外に出てみたが、姿が見えない。

「木の裏側か？」

不思議に思いながらも大木の裏側へ歩いて回っていくと、突然木の陰から誰かが飛び出し、抱き着いてきた。

「ん？　え？？　だれ？」

「アウン、わたし……キヌ……」

「………え？　キヌは狐の……ん？　えぇ！？　キヌ！？」

「ん……キヌ」


よし、冷静になれ。まずはいつも通り状況整理からだ。

パッと見、12歳くらいの少女だろう。

綺麗な薄い金髪に三角の獣耳、優しそうな瞳、小さな身体に細い手足、透き通った白い肌……

あれ？　白い肌？？　……服、着てな……

「キヌちょっと待ってろ！　イルゥーース！！！」

【迅雷】を発動させ最速でイルスのもとに駆ける。

ビクッとしたイルスを無視し、最初の命令を伝えた。

「ダンジョンマスターとしての命令だ！　今すぐ美少女の服をダンジョンポイントで用意しろ！！」

「どうしたのでござるか！？　美少女の服！？」

「そうだ！　なんでもいい！　早く！　今すぐだ！！」

頭は混乱しているが、これが最適な判断と指示だろう。

我ながら冷静かつ完璧だ！

「アウンと……お揃いがいい……」

振り向くと、美少女がひょこっと木の陰から顔だけ出している。

「イルス！　俺とお揃いだ！　金に糸目はつけるなっ！」

「さっきと言ってることが違っ……「イルス！！」分かったでござる！」

イルスは赤色の宝箱を出現させ、中から一着の服を取り出した。

さっそく鑑定！　レアリティー……赤！？


《浴衣ドレス（絢《あや》）：防御力15。和の国の少女憧れの一品。とある職人の初期作品》

「さすがイルス、最高の仕事だ！」

キヌはコアルームの外で服を着終えると、ちょこちょこと歩いて近づいてきた。え？　天使か？

「アウン、イルスありがとう」

「お、おう」

「よいのでござるよ！」

正直、今になってもまだ驚いているし、目の前の美少女が本当にキヌなのか、なぜ人型になっているのかが分からない。

あ、そうだ、ステータス確認！

「キヌ、もう一回しっかりとステータスを確認させてくれ」

「ん」と一言呟き俺の小指を握ってくる。

何この天使、俺を萌え死させる気なの？

〈ステータス〉
【名前】絹　【種族】天狐《てんこ》　【状態】疲労（小）　【レベル】30　【属性】火・光
【HP（体力）】3500／3500【MP（魔力）】930／1000
【STR（筋力）】10【VIT（耐久）】40【DEX（器用）】20
【INT（知力）】100【AGI（敏捷）】34【LUK（幸運）】13
【称号】迷宮従属者

【スキル】・ヒーリング・明哲
・エネルギーボール→ファイヤーアロー（変化）：火属性攻撃魔法（MP消費20）
・エネルギーウェイブ→ファイヤーウォール（変化）：火属性範囲攻撃魔法（MP消費40）
・ファイヤーストーム：火属性広範囲攻撃魔法（MP消費70）
・狐火《きつねび》：自身の周囲に自動防御機能を持つ四つの焔玉《ほむらだま》を展開（MP消費40）
・人化《じんか》：自身の肉体を人型に変化可能（MP消費30　ON／OFF）

〈装備品〉・浴衣ドレス（絢）・花柄下駄

いろいろとヤバいステータスだが、まずこの美少女はキヌで間違いはない。

そして人型になったのは、【人化】のスキル効果だろう。キヌが進化する直前しかステータス確認してなかったから、俺は知らなかったわけか。

種族は【天狐】で、【属性】を二つ獲得している。その影響でスキルが変化しており、火属性の単体攻撃魔法、範囲攻撃魔法とスキルでの自動防御が追加されている。

それに加え、ステータスは【ＩＮＴ（知力）】が特化しつつも【ＶＩＴ（耐久）】も増え、より耐久しながら多数相手にも戦えるスタイルになったと言える。

しかも自分で回復可能という、一言で説明するならば『ＭＰさえあれば大量虐殺が可能な魔獣』となっていた。

ただ、不思議なことがある。キヌのレベルの上がり方が、異様に速いのだ。

相手にしている魔物が同格以上であったことは間違いないし、複数相手でも範囲魔法でゴリゴリ狩りをしていた。だが、それにしても早い。

すでに進化した回数を考えると魔物のランクで言えば、俺に追い付いている。

今回の進化のタイミングも考えると、もしかしたら取得経験値は二人で分配されているのか？

レベルに関しては、俺もレベルは38まで上がっているが……称号にある【迷宮の支配者】や【迷宮従属者】の影響もあるかもしれん。

まぁこれに関しては、今は詳しいことが分からんな！

結論……キヌは可愛くて強い！

「よし、確認できた。キヌめちゃくちゃ強くなったな」

「ん。でも、もっと……強くなる」

「そうだな！　まぁでも、一旦フォレノワールってダンジョンに帰還して休もうか。少し連続で戦い過ぎたし、キヌに関しては短期間で三回も進化してるわけだしな。さすがに身体を休めよう」

そうキヌに伝え、二人でフォレノワールのコアルームへと転移した。

迷宮間転移は問題なくできたようだ。

「おー、おかえりなのじゃ」

「ただいま。アルス、この女の子がキヌだ。狐の魔獣だが、今は人化のスキルで人型になってる」

「キヌ……です。よろしくアルス」

「可愛い子じゃの！　わらわはアルスじゃ。キヌよろしくなのじゃ」

「とりあえず話は起きてからにしよう。今日はもう休むつもりだからな。アルス、キヌの部屋作れるか？」

そうアルスに伝えると、袖をクイっと引っ張られた。

「アウン……一緒の部屋がいい……」

「……え？　んじゃあ、ベッドもう一個作るだけでいいか？」

「いらない……アウンと一緒に寝る……」

「いや、さすがにそれはー」

「寝るのが……怖いの。また独りになっちゃうんじゃないかって……ダメ？」

「いや、うーん、でも……」

「よいのではないかの？　キヌを安心させてやるのもマスターの役目じゃぞ？」

「……まぁ。そうか。それじゃあ、一緒に寝るか」

「ん。ありがと、アウン」

俺と出会う前に何かあったのだろう。

俺から詳しくは聞かないが……独りのつらさは俺も知っている。

二人でベッドに入るとキヌが抱き着いてきたが、少し震えている。安心できるように頭を撫でてやると、震えが止まり、スゥスゥと寝息が聞こえてきた。

「疲れてたんだな」と思いながらも、安心したように眠るキヌの寝顔を見て久しぶりの小さな幸せを感じ、俺もいつの間にか眠りに落ちていた。

第17話　キヌの一番～キヌ視点～

私は雪原で生まれた。周りには私と同じ種族、狐の魔物がいる。

でも〝今の私〟はみんなと違う特徴が二つある。一つは毛色、みんなは雪のような白い毛色なのに、わたしだけ薄く金色がかっている。もう一つは尻尾の数、私だけ二本ある……生まれてすぐはそんなことなかった、みんなと同じ。


でも、朝起きたらみんなとは違う姿になってしまった……。

姿が変わってからは、今まで協力していた仲間達から攻撃をされるようになった。みんなから「お前は仲間じゃない」って声が聞こえる……。

なんで？　昨日まで一緒に狩りをしていたのに……どうして？

私はみんなと同じ種族。そうであると思いたい。でもみんなは私を仲間だとは思ってくれていないみたい。このままじゃ仲間に、友達に殺されちゃう……。私は弱い。独りでは戦えない。私はみんなと一緒にいたいのに、一緒にいさせてくれるだけでいいのに……。

もう『逃げる』という選択肢しか、その時はなかった。私は仲間を傷つけたくない。

二日間、いろいろなことを考えながら走り続けた。

姿が同じって、そんなに大切なこと？　じゃあ私はこの世界で独りぼっちなの？　仲間が欲しい。友達が欲しい。家族が……欲しい。

気が付いたら平原に辿り着いていた。そして狼型の魔獣の群れに、囲まれた。

この狼達はいいなぁ。同じ姿をしていて。私はここで死んで食べられてしまうのかな？　でも仕方がないかな。私には仲間がいないし、弱い。それに、ちょっと疲れちゃった。

……でも、嫌だ！　やっぱり死にたくない。私は、こんなところで、こんな形で死にたくなんかない。死んでやるものか！　食べられてやるものか！　最後まで……戦ってやる！

「よぉ、助けはいるか？」

え？　何？　誰？

突然目の前に現れたナニか……状況が把握できず、頭が混乱する。でも、本能が言っている。

この人は敵じゃないって……。

助けてくれるの？

狼達がその人に襲い掛かってからは一瞬だった。

正直、何が起きたのか分からないけど目の前にいた狼達が全て死んでいた。

この人、すごく強い。でも……怖くない。私には一度も敵意を向けてない。

「珍しいな、お前二尾か。あ、そうだ、マジックバッグに回復のポーションが……あった！」

何かの液体をかけられると、仲間だった狐達やさっきの狼達につけられた傷が治っていく。

ちょっと冷たいけど……ブルブルッ
「見たところお前一匹のようだけど、一緒に来るか？　俺の仲間になれよ」


え？　仲間になってくれるの？　家族に……なってくれるの？　仲間に、なりたい！　そう思っていると繋がりができる感覚がした。とっても暖かい、安心できる感覚……もう二度とできないと諦めかけていた感覚……。嬉しかった。

違う種族でも、違う姿でも仲間になれるんだ。

みんなに嫌われた、この毛色を綺麗って言ってくれて、名前までつけてくれた。とても素敵な名前『キヌ』。


それから一緒にいっぱい狩りをした。

いっぱい進化もした。

いっぱい強くなった。

いっぱい……話しかけてくれた。

でも、私はまだアウンに何もしてあげられていない。さっきも一撃でやられちゃった。なんにも役に立ててない。私のことを心配して泣いてくれているこの人の、アウンの役に立ちたい。

アウンと一緒の姿になりたい……。

大きな樹の下でそんなことを思っていたら【人化】っていうスキルを見つけた。

もしかしたら……！！　一回、練習しておこう。

わぁ……ちょっとちっちゃいけど、アウンと同じ種族の姿？　なのかなぁ？　でも、これでいつでもアウンと一緒の姿になれる。お話もできる。アウンのことをもっと知ることができる。ずっとアウンの隣にいられる。

……驚いちゃうかな？　なんて言われるんだろ？　なんてお話ししよう？　分からない。

あ、アウンが出てきた。なんか恥ずかしい。でも……逃げちゃだめだ。んー、抱き着いちゃえ！

「アウン、わたし……キヌ……」

「…………え？　キヌは狐の……ん？　えぇ！？　キヌ！？」

「ん……キヌ」

ちゃんと伝わったかな？

え？　なんで逃げるの？

おーい、キヌだよー？　あ、服……？

「アウンと……お揃いがいい……」

ん。なんとか信じてもらえてよかった。

その後、お願いしたら一緒に眠ってくれた。明日の朝目が覚めて、もし私が違う姿になっていても……アウンなら私を仲間外れになんかしない。アウンの体温を感じると自然と安心することができた。


今日は私の人生で、一番嬉しかったことがいっぱいあった。姿が違っても、種族が違っても、仲間になれるって教えてくれた。

アウンと一緒なら、これからもいっぱい一番が増えるのかな？　わたしはアウンの一番になれるのかな？

ううん、私が一番じゃなくてもいい。私の中でアウンが一番なのに、変わりはないんだから。

多分アウンは、これからいろんな人の一番になると思う。それを一緒に共有したい。一緒の夢を見ていたい。一緒の時間を過ごしていたい。

そのためにはアウンとの約束守らなきゃ！


伝説になるくらい強くなろう！

アウンとならそれができるって……信じてるから！

第18話　第一回迷宮魔改造会議①

目が覚めるとキヌは俺の腕に抱き着いている。「まだ寝てるのかな？」と思いつつ、頭を撫でるとキヌはゆっくりと目を開けた。

「おはよう、アウン」

「おはよう。ごめんな、起こしちゃったか？」

「ううん。少し前に起きてた。夢じゃなかったんだって……実感してたの」

「そうか。それならよかった。ちょっとアルスとイルスにも話したいことがあるんだ。キヌも来てくれ」

「ん。分かった」

そう言うと二人でコアルームに歩いていった。

「おはようなのじゃ、二人とも。よく眠れたかの？」

「おう、おはよ！　あのさ、アルスとイルスにも話したいことがあるからちょっと集まってほしい。イルスもこっちに来られるのか？」

「大丈夫じゃよ。分体コアも転移可能じゃ。今呼んでおいたからすぐ来ると思うのじゃ」

「そうか、ありがとな」

「おぉ！　アウン、キヌ昨日ぶりでござる！　話とはなんなのでござるか？」

「あぁ。これからのことについて、話しておきたいことと、聞いておきたいことがある。とりあえず、まずは俺の話を聞いてくれ」

「分かったのじゃ」

周囲を見渡すと全員が頷いている。

俺はこれまでのことと、考えている今後の計画についての全てを話した。


「実はな、俺はもともと人間なんだよ。ソロで冒険者をやってたんだ。冒険者になる前は爺ちゃんに育ててもらって、闘い方とか魔物についてとか……いろいろ教えてもらってた。冒険者になってから少しした時に仲間に裏切られて。それからはずっと独りでやってた。魔物になった理由は分からないんだけど、ある冒険者のパーティーに騙されて、殺されたらゾンビになってたんだ。それで生きていくために他の魔物を倒してレベルを上げたりしてたら、このダンジョンを見つけたってわけだ」

「そうだったのでござるか、それでアルス殿を吸収し、キヌと出会い、拙者も吸収したって流れでござるな？」

「あぁ、大まかに言うとそうだ。それでな、三人と出会って分かったんだ。俺は独りじゃないってさ。人間の時にはずっと感じてた孤独感を、今は感じないんだ。だから、これからのことをみんなにも知ってもらいたいと思って集まってもらった」

「そうなのじゃな。もう、わらわもイルスも言わばアウンと一心同体じゃからな。決して裏切ったり、騙したりはせぬよ」

「おう、ありがとな。で、これからのことなんだけど、俺とキヌはもっと強くならなきゃいけない。この幸せを壊されないように、全生物の中で最強になるくらい強くなると決めている。これは、俺とキヌの二人の目標であり、約束だ。もう一つは、俺の……夢だったことを成し遂げたいと考えてる」

「アウンの……夢？」

「人間の冒険者ギルドには、〝クラン〟っていう共同体を作ることができる制度があるんだ。それで、俺には信頼できる仲間達と『最強で最高な、家族のようなクランを作りたい』って夢がある。仲間のために必死になれる、仲間のために全力になれる、そんな奴らを集めていきたい」

「ん……アウンの夢は、キヌの夢」

「よいのではないかの！　面白そうじゃ！」

「拙者、コアながらワクワクしてきたでござる！　それで拙者達は何をすればよいでござるか？」

「そうだな、ここからはダンジョンの機能についても絡んでくるから、質問しながら話していきたいと思う。まず、このフォレノワール迷宮に関しては〝クランハウス〟としての機能を作っていきたい。言わば共同体が生活する上での安全な拠点だ。その点で言えばこのフォレノワール迷宮は最高に安全な場所になる可能性が高いと考えてた。ここからは質問なんだが、例えばこのダンジョンを外部からの侵入ができない形状にすることは可能か？」

「うーん、そうじゃな。可能と言えば可能じゃ。いろいろハードルはあるがのぉ……」

「ハードルってのは、昨日イルスが説明しようとしていたことと被るのか？」

「そうでござるな。ちょうどよいタイミングでござるから、ダンジョンの役割や細かい機能なんかについても説明していいでござるか？」

「あぁ、頼む」

「まず、ダンジョンというのは、この世界の至る所に存在しているでござる。理由としては、このダンジョンが魔素の循環機能を担っているからでござるよ。そもそもこの世界、『星』と言い換えてもいいでござるが、この星は、魔素というエネルギーを循環させて生命活動を維持しているでござる。人間や魔物、植物などの全ての動植物も、少なからずこの魔素をエネルギーとして動いているのでござるが、その動植物が活動したり、死亡した時には魔素が流れ出るでござる。この流れ出た魔素を一定の範囲から吸収し、星に流すために存在するのがダンジョンという場所でござるな」

「マジかよ……そんな役割があったんだな……」

「それで、この吸収した魔素を星に流す際にダンジョンポイントが発生するのでござる。ダンジョンマスターやコアがこのダンジョンポイントを使ってダンジョンを大きくしたり、アイテムを出せるようにしたりするのは、効率よくこの星に魔素を流せるようにするためでござる。戦闘などの活動によって放出される魔素は、何もしていない時の何十倍にもなるでござるよ。さらにダンジョン内のほうがこの魔素の吸収率が高くなるでござる。人間は、レアなアイテムや強い装備を欲するでござろう？　だからそのアイテムを餌にしてダンジョン内での戦闘行為を行うように誘導をしているのでござる」

「それにしては、フォレノワールはあんまり人が入っていなかったよな？」

「それはのぉ、このフォレノワール迷宮の管轄である、常闇の森が関係しているのじゃ。もともとこの土地はアンデッドが多くてのぉ。人間が全然入ってこぬのじゃよ。じゃから吸収できる魔素も少なく、ダンジョンポイントも少しずつしか貯まらなかったのじゃ。ポイントがなければ強い魔物を召喚することもアイテムを出すことも、なかなか難しいのじゃよ。さらに生成された入口が滝壺じゃからな。ほとんど見つけられず、悪循環に陥っていたのじゃ……」

「あぁ、そういうことだったんだな……で、そのハードルとどう関係するんだ？」

「それは、この魔素を〝少なからず循環させなければならない〟ということでござる。入口を閉じてしまうと魔素を吸収することが難しいでござるから、基本的にはできないのでござる。ただし、それを可能にする方法はあるでござる」

「ほぉ？　それはどんな方法なんだ？」

「方法自体はそんなに難しいことではないでござるよ。単純にこのフォレノワール迷宮のためにダンジョンポイントを使用すればいいのでござる。ダンジョンポイントを使用した際にも魔素は使われるでござるから、ポイントを定期的にフォレノワールダンジョンで使用することができれば、入口を閉じることも可能でござるが……。ポイントが稼げないのでは不可能でござる」

「そうなのか……いや、待てよ？」

ここから俺達の迷宮魔改造計画の方針が固まっていった。

第19話　第一回迷宮魔改造会議②

「それさ、今の俺ならそのハードルがクリアしやすい……いや、むしろ好都合じゃねぇか？」

「ぬ？　好都合とはどういうことなのじゃ？」

「いや、だってさ？　俺は二つのダンジョンのマスターだろ？　そんで、ダンジョンポイントは共有化されるから、プレンヌヴェルトで効率よく稼いで、フォレノワールの設備拡張に使えばいいだけじゃねぇ？」

「……たしかに、その通りでござる」

「二つのダンジョンを吸収したマスターは今まで数えるほどしかいなかったし、そんな使い方していたマスターは知らないのじゃ……」

「アウン……さすが」

「ってことは問題としては効率よくプレンヌヴェルトで稼ぐ方法を考えるってことになるよな？」

「そうでござるな。何か考えがあるのでござるか？」

「まぁな。【ダンジョン都市ウィスロ】を参考にしようと思う。ただ、これは今すぐには無理だ」

「ウィスロ？　それは隣の国じゃな？」

「そうだな。あそこのダンジョンは五十階層を超えていて、未だ最高層まで辿り着いた者がいないダンジョンって冒険者の中でも有名な、超高難易度ダンジョンなんだよ。でも、三十階層以降はめちゃくちゃレアなアイテムが出るって噂で冒険者パーティーが日夜問わず探索してるんだ。でだ、人が集まるところには街ができるだろ？　そうなればよりダンジョンに潜る冒険者も増える。それに、ダンジョンの周囲からでも魔素を吸収できるってことはさらにダンジョンの魔素吸収効率が上がる、そしてダンジョンの拡張や強い魔物の召喚が可能となる。さっきの説明を聞いた後だと、めちゃくちゃ好循環のダンジョンだってことが分かったんだ」

「ほぅ！　確かにそうなればポイントは稼ぎ放題じゃな！」

「それでなんだが、プレンヌヴェルトはウィスロと逆のパターンで最初は稼ごうと思う」

「逆……でござるか？」

「そうだな。つまり、先に街を作るんだ。ダンジョンの機能を使ってな」

「ダンジョンの機能でござるか？」

「要するに、一階層を平原に露出させてしまって、ダンジョンポイントを使って建物を建てる！　最初は宿屋とか道具屋だけでいい。んで、その中心に二階層に転移する魔法陣を作って、そこから先がダンジョンだと冒険者に錯覚させてしまえば良くないか？」

「結構危険な気もするでござるが、それも不可能ではないでござるな……。そんなことを考えるマスターなんかいなかったでござるが……いや、でもよい案でござる！　分体コアの拙者さえ別の者に吸収されたり破壊されなければよいだけでござるから、コアルームへの入口をちょいと工夫すれば……デメリットは消えるでござる！」

「だろ？　ただ、問題が二つほどあるんだ。これが今すぐに実行に移せない理由なんだが、一つ目は人間側に村や街を作るだけの理由や人材がないってこと。もう一つはこの姿じゃ俺達は街に入れないってことだな。優先順位としては街に入れるようになることか……。街に入れれば意図的に情報を流すことも可能だし、将来的にクランを立ち上げるためにも、俺達が冒険者になることは必須だ。どうにかならねぇかなぁ？」

「ぬ？　アウンはもともと冒険者じゃったのじゃろ？」

「いや実はさ、今のこの姿は、人間だった時と別人レベルで違うんだよ。それに冒険者だった時の俺は既に死んだことになっている可能性も高い。これは分からないんだけどな。だから冒険者登録をし直す必要があるんだよ。ただ、この額に生えてる角があるだろ？　だから人間として見られない可能性が……うーん、あ……」

「どうしたでござるか？」

「そういえば、思い出したことがあるんだけど、昔爺ちゃんに『鬼人族』って人種が、和の国にいたって聞いたことがあったんだよ……。そうか、進化の時にどこかで聞いたことがあると思ったのは、俺がガキの頃に爺ちゃんから聞いた話だったんだな。それならどこかの森で隠れ住んでたことにしてしまえば……。冒険者登録の時の名前は『アウン・ドウメキ』って登録してあったから、漢字で『阿吽』なら虚偽の申請にならないし、和の国の人間以外は誰も読めない！　キヌも人型になれるし、獣人で問題はないはずだ！」

「鬼人族という種族は聞いたことがあるのじゃ。すごい怪力の持ち主で、めちゃくちゃ強いのじゃが、数が少ない上に、表舞台に出てはこぬ種族じゃと」

「そこまで分かればあとはなんとかなりそうだな。とりあえず、一回レクリアの街に行って冒険者登録をしてみようか。キヌもいいか？」

「ん。大丈夫」

「アルスとイルスはとりあえず今まで通りポイントを稼いでおいてくれ。何かあったら念話で連絡をしてほしい。とりあえず俺達は、レクリアの街に問題なく入れるか試してみよう」

この後、俺とキヌはプレンヌヴェルトに迷宮間転移で移動し、そこから歩いてレクリアの街に向かうこととなった。

第20話　アルスとイルス

　アウンとキヌがレクリアの街へ向かった直後、ダンジョンコアのアルスとイルスはアウンについての話をしていた。というのも、ダンジョンマスターという稀有な存在の出現だけでなく、そのダンジョンマスターが提案した内容はダンジョンコアからみれば、全く予想だにしない方法で魔素の吸収や循環を確立させようとするものだった。

　しかもそれは、もし成功すれば今までの何百倍ものポイントを稼ぎ出すことができる画期的な方法だ。

「イルスよ、アウンについてどう思う？」

「〝どう思う〟とは、なかなか返答に困る質問にござるな……」

「いやな？　ダンジョンマスターの存在は、コアとしてもちろん知識はあるのじゃが、実際に見るのは初めてじゃ。それに、吸収された後に容姿が変わるなんてことは初めて知ったのじゃよ。これはアウンだからなのか、今までのコアもそうであったのか……いろいろ考えることもあってなぁ」

「そうでござるな。拙者はあまり深く考えていなかったでござるが、この姿になったのはアウンだからというのが大きいのではと考えるでござる」

「ふむ……もともとアウンがゾンビであったのが、わらわ達がこの姿になった一つの要因と言えるのであろうな」

「拙者は気に入っているでござるよ？　何の味気もない玉状の姿よりも、自在に動かせる手足や尻尾があるというのは面白い感覚でござる」

「もちろんわらわも気に入っているのじゃ。この〝ぷりちー〟な姿を毎日水面に映し確認してしまうくらいにはのぉ」

「であれば、深く考えることはないのでなかろうか。それに、アウンは拙者達コアのことも一人の人間のように扱ってくれるような優しい男でござる。それだけで拙者は幸せなことだと感じるでござるよ」

「それもそうじゃな。満たされ過ぎて少し困惑したのかもしれぬのじゃ。というかわらわ達はこんなにも幸せでよいのかのぉ？」

「それは、まぁそうでござるよな」

「コアといったら、消滅するその瞬間まで事務的に魔素を循環させるためだけにある存在じゃ。多少の思考や性格の違いはあっても、ここまで感情を揺さぶられることはまずありえないからのぉ」

「そうでござるな。アウンに吸収されてから数日しか経っていないが、その突飛な言動や提案に驚かされたりワクワクしたりしているでござる」

そもそもダンジョンコアとは、星がエネルギーである魔素を効率よく循環させるために作成したダンジョンを、さらに効率良くさせるための装置のようなものである。

コア自身もそれは自覚しており、自分の役割や必要な知識は星からダンジョンが作られた際に与えられることも認識している。

アルスが言うようにコアごとに思考や性格の違いはあり、これがダンジョンの難易度や魔物の出現ランク、宝箱の出現頻度などに関係してくるのだが、逆に星のエネルギー循環のために必要のないような思考や感情は、言わばオマケだ。

しかし、アルスはコア同士で話していて気付いてしまう。徐々に自分の中にある優先順位が変わっていることに……

「のぉ、イルスよ。今わらわはとんでもないことに気付いてしまったやもしれぬのじゃ……」

「何でござるか？」

「わらわ達は効率よく魔素を循環させるために存在する装置のようなモノじゃよな？　それにもかかわらず、わらわの管理しているフォレノワールダンジョンの入口を閉じることに今は何の違和感もないのじゃ」

「……確かに、先ほど話していた感じではそうでござろうな」

「それは、第一優先事項が〝星にエネルギーを効率よく循環させること〟から〝アウンの考えている理想〟に置き換わっていることに他ならないと思うのじゃが……」

「しかし、アウンの提案に乗ることで、今まで内部で吸収していた量より多くのエネルギーを星に返せる見込みがあるのでござろう？」

「それはそうなのじゃが、アウンの話を聞いた直後に入口を閉じることへの忌避感を感じなくなったのが不思議なのじゃ。それが、アウンのことを星よりも優先していると考えたら辻褄が合ってきてしまう……」

「それは考え過ぎでござるよ。両方を重要と考え、両立できる方法が確立できそうであれば、それ以上は考えないほうがよいでござる。それに今後もコアは増えていくのは、ほぼ確実でござろう？　その時にまたいろいろとコア同士で情報共有をすれば分かることも増えるでござるよ」

「ふむ。それもそうじゃな……今はアウンがわらわ達に良い影響を与えていると考えておくのじゃ」

「それよりも今後ポイントが潤沢になってきた時、アウンに提案する新しい魔物の候補でござるが、このヒュドラという魔物はどうでござろう？」

「おぉ！　いかにもアウンが好きそうな魔物じゃな！」


実のところダンジョンのシステムの核心に迫りかけていたコア同士の会話は、イルスの提案を境に〝アウンが喜びそうな魔物は何か〟の話に取って代わられてしまった。これにより、ダンジョンコアの存在意義やダンジョンマスターとの関係性については、謎に包まれたままとなるのだが、アルスとイルスの表情は実に楽しそうなものであった。

第21話　スタンピード

プレンヌヴェルト迷宮から転移で外に出ると、そこは見覚えのある蒼緑平原の岩場だった。

「お？　プレンヌヴェルトは入口と出口が近くにあるんだな。キヌ、少し人型での戦闘に慣れるためにレクリアまでは狩りをしながら向かうぞ」

「ん。分かった。多分……問題なく戦える」

蒼緑平原の魔物はEランク程度だ。キヌのステータスなら全く問題ないだろう。だが、それでも少しは肩慣らしをしておく必要はある。


まぁ、結果から言うとそれはもう一方的だった。ファイヤーアロー一発でゴブリン達は灰になる。進化してから魔法の威力も桁違いに高くなっているようだ。

そんな感じでゆっくりと進んでいると、すごいスピードで駆けている馬を見つけた。騎乗しているのは獣人行商人のバルバルだ。荷車をつけていないが、何かあったのだろうか。

「おーい！　バルバルー！　どうしたんだ？」

できるだけ大きい声を出しながら近づく。するとバルバルも俺達に気付いたようで進路を変更し、駆け寄ってきた。

「アウンさん！？　あれ？　その方は？」

「あー、キヌだ。この前会った時に狐の魔獣がいただろ？　人化のスキルで人型になってるんだよ。もっと言えば獣人化か？」

「こんな可愛い獣人初めて見ましたよ！　羨ましい……あ！　アウンさん、助けてください！！」

「ん？　そういえばめちゃくちゃ急いでたけど、どうしたんだ？」

「実は、ニャハル村の近くにダンジョンがあったのですが、スタンピードを起こしそうなんです！　強い魔物が増えていた原因も、ダンジョンから出てきた魔獣が関係しているみたいでした！　このままでは故郷の人達が、家族が……全員死んでしまいます！　もちろん村の皆を救う手助けをして頂けるなら、私の持ちうる全てをアウンさんにお渡しさせていただく覚悟です！！」

「ちょっと待て、落ち着け。とりあえずなんとかしてみるからニャハル村まで案内してくれ。俺もキヌも走る速度は馬よりも速い。走りながら状況説明頼む」

「分かりました！　アウンさん、キヌさん！　本当にありがとうございます！」


俺達はバルバルの乗っている馬と並走しながら状況を確認していった。

「まず、スタンピードって言ったか？　大量の魔物がダンジョンの外に溢れて出てくることだよな？　今それはどうなってる？」

「私が村を出て救援を呼びに向かったタイミングでは、村の戦える獣人達がダンジョンの入口近くでなんとか凌《しの》ぐと言っていましたが、たぶん長くは持ちません。頃合いを見て撤退すると思われます。戦士達が防いでいる間に村の住民は避難の準備などをして一箇所に固まっていてもらうように村長が動いていました。ただ、それ以上はどうともできないはずです。村を捨てることができないという声をいくらか聞いたので、避難は難航していると考えられます」

「状況は悪そうだな……うーん、どうするか」

「アウン……プレンヌヴェルトに避難は？」

そうか。プレンヌヴェルトのダンジョンなら、俺が調整すれば安全は確保できる。避難後も戦える獣人もいるなら、周囲のゴブリンや一角兎程度の魔獣は問題なく倒せるだろう。

さらに今後のダンジョン村計画にも人材が必要だ。移住までしてもらえれば、こちらとしても大きなメリットがある。

まぁ、移住に関しては獣人達が決めることだから強制はしないけどな。

「それだ！　キヌでかした！」

「プレンヌヴェルトとは……どこなのですか？　聞いたことないのですが」

「バルバル、お前を信用して俺達の秘密を話す。他言しないと誓えるか？」

後から考えれば、俺がダンジョンマスターであることを打ち明けるのは、リスクがかなり大きかった。でも、この時は必死に故郷を救おうとしているバルバルをなんとか助けたいと思えた。

「秘密……？　当り前じゃないですか！　見ず知らずの獣人達のために命を懸けてくれようとしている恩人の秘密を、誰かに喋ることは絶対にありません！　獣人と商人の誇りに懸けて誓います！」

「そうか、安心した。実はな、俺はダンジョンマスターという、とあるダンジョンの管理をしている者なんだ。そして、その管理しているダンジョンは、この蒼緑平原にある。そのダンジョンの名前が『プレンヌヴェルト』っていうんだ」
「ダンジョン……マスター？　アウンさんは、そんなすごい人だったんですね！」
「そこなら安全に避難ができると約束する。問題は、避難する時間だけでも魔物の侵攻を防がなきゃいけないってことだな……。少し考え事をするから、このまま走ろう。考えがまとまったら作戦を伝える。俺からの提案となるがいいか？」
「分かりました。もともと私達だけではどうすることもできなかったんです。アウンさんの指示に従います！」
　その言葉を聞くと俺はアルスとイルスに念話で確認と指示を伝えた。
《アルス、イルス、聞こえるか？》
《どうしたのじゃ？　聞こえておるのじゃよ？》
《聞こえているでござる》
《レクリアの街に向かっている途中で、知り合いの獣人行商人に会った。そいつの故郷近くのダンジョンが、スタンピードを起こしそうだと言っている。スタンピードについて具体的に教えてくれ》
《ならば、わらわから説明するのじゃ。スタンピードとは数十年に一度程度起こる現象じゃな。ダンジョン周囲の魔素供給量が極端に不足してしまった場合に起こるのじゃよ。供給が極端に減れば星はそれを補おうと一度に大量の魔物をダンジョン内に召喚し、そのダンジョン周囲で強制的に戦闘を行わせようとすることがあるのじゃ。これはダンジョンコアでは止めることはできぬ。少しでも止めようとするなら、その溢れ出してきた魔獣を大量に倒し、魔素の吸収量を一時的に増やす必要があるのじゃ。実はアウンが来るまでフォレノワールもギリギリだったのじゃよ》
《そんな状態なんだな。ってことは出てきた魔獣を大量に倒せばスタンピードは止まると？》
《それはあくまでも一時的な措置じゃな。一度そうなってしまったダンジョンは暴走状態となってしまう故、コアを破壊するまで残念ながら魔物の湧きは止まらぬよ。ただ第一波、第二波、第三波と魔物が増える流れになっておるから、一つの波を殲滅しきってしまえば次の波がくるまで数日は時間が稼げるのじゃ》
ってことは、その第一波を殲滅すれば避難する時間は稼げそうだな。
《分かった。じゃあそれを踏まえての作戦を立てたから、アルスとイルスは俺の指示に従ってくれ。まず、アルスは俺との連絡とイルスのサポートだ。イルスはさっき話していたプレンヌヴェルトの一階層に建物を作る作業を早急に行なってほしい。とりあえず民家を十軒くらい立てておいてくれ。蒼緑平原への露出はまだしなくていい。追って俺から指示を出す》
《了解したのじゃ》
《分かったでござる》
よし、作戦の目途は一応立ったな。
じゃあ次はキヌとバルバルに作戦を伝えるとするか。

第22話　涅哩底王《ねいりちおう》

「よし、獣人達を避難させられる作戦は考えた。キヌはかなり危険な役割になりそうだが、大丈夫か？」

「ん。アウンが立てた作戦、問題ない。それに多分一番危険なのは、アウン……全力で手伝う」

「アウンさん、キヌさん！　巻き込んでしまってすみません。それと、本当にありがとうございます！」

「謝罪はいらんし、礼は終わってからでいい。それじゃあ作戦を伝えるぞ。まず、スタンピードは一度起こしたらコアが破壊されるまで止まらないらしい。だからニャハル村の建物や畑なんかは諦めるしかない。最優先は人命だ。これを住民に納得してもらう必要がある。バルバル……できるか？」

「はい！　なんとしても説得してみせます！」

「分かった。次に、スタンピードには波があるようだ。第一波で出てきた魔物を殲滅しきれば数日間は時間的な猶予ができる。この作れた時間でニャハル村の住民をプレンヌヴェルト付近に避難させる。避難先の建物は、十軒程度建てられる予定だ。足りない可能性もあるが、そこは避難後になんとかしてくれ」

「了解しました！　こんな状況です。事情を深くは聞きません！　人命を助けることができる目途が立てられただけでもすごいことです！」

「そして魔物の殲滅方法だ。戦う人員は俺とキヌの二人。今戦っている戦士達も避難後に護衛する役割があるから見殺しなんかにはできん。もちろん俺達も殲滅が不可能だと判断したら撤退も考える。その時は避難するタイミングが早まるからできるだけ早急に説得をしてくれ。バルバル頼んだぞ」

「分かりました！　必ずやり遂げてみせます！」

「キヌは俺と魔物を殲滅する役割だ」

「ん。私達は最強になる。夢は……終わらせない」

「そうだな！　思いっきり暴れてやろう！」


作戦を伝え終える頃にニャハル村が見えてきた。まだ魔物は到達していないようだ。戦士達が踏ん張っているお陰だろう。

村でバルバルと別れ、そのまま俺とキヌは砂煙が立っている方向へと全力で向かった。そこには後退しながらもなんとか持ちこたえている八人の獣人の戦士達がいた。

「キヌ、いったん前線を押し戻す。獣人達を巻き込まないように範囲魔法で魔物を蹴散らしてくれ」

「任せて。【ファイヤーウォール】」

キヌがファイヤーウォールを発動すると最前線の魔物達が炎の壁に焼かれ、獣人の戦士達は驚きながら振り向いた。

「俺はアウンという！　この魔物達は俺達が引き受ける！　あんたらはニャハル村へ戻って住民の避難を手伝ってくれ！」

「あ、あなた方は！？　いったいどういうことなんです！？」

リーダーと思わしき熊の獣人が尋ねてくるが、そんな余裕はない。

「すまんが説明はバルバルから聞いてくれ！　それに、近くに味方がいると範囲魔法が使いにくい。住民の安全確保があんたらの最優先事項だろ？　頼む！」

「バルバルの知り合いの方か……あなたのおっしゃる通りだ。すまぬが、ここは頼んだ！」

そう言って獣人戦士達はニャハル村のほうへと走っていった。なんとか納得してもらえたようだ。

その間にもキヌが最前線でファイヤーウォールを使い魔物を殲滅している。

さて！　俺も暴れますか！

「キヌ、俺を巻き込んでも構わねぇから、俺が討ち漏らした魔物を殲滅してくれ」

「ん。絶対アウンには当てない。任せて」

その言葉を聞き【迅雷】を発動させ、魔物を倒しながら前線を押し上げていった。

15分ほど戦っただろうか。

もう百体以上の敵を殲滅しているものの、向かってくる数が減る様子はない。魔物はビッグリザード、グレートボア、ブラックウルフ、ハーピーなどDランクの魔物がほとんどだったところに、時々オーガやグレーターウルフなどのCランクが混ざりだしてきている。後続の魔物のほうが、ランクが高いようだ。

「全然数が減らないな。キヌMPは大丈夫か？」

「ん。減ってきているけど、まだ半分くらいはある」

「そうか、俺のほうは……ングッ！　こんな時に進化かよ……」

突如雷に打たれたような衝撃を感じた。

確かにこれだけの数を殲滅していれば、相手が格下でもレベルは上がる。

「あぁ。ダメージを食らったわけじゃないが、進化みたいだ……」

「アウン！　大丈夫！？」

「分かった、任せて」

キヌは俺を見て優しく微笑んだ。

「すまん、頼んだ」

キヌは俺の前に出て前線を膠着状態にしてくれている。

キヌに任せておけば大丈夫だろう。

俺は目を閉じて身体の力を抜いた。

《特殊進化後のため進化先の選択は行えません。進化を開始します》
・羅刹《らせつ》

情報が頭の中に流れてくる。

今回は選択が行えないようだが、戦闘中であるためむしろ好都合だ。

徐々に身体が光り出す。進化の痛みはほとんど感じなかった。

数秒後、進化が完了し光が収まっていく。


最速でステータスの確認を行い、確認を終えたタイミングでキヌに指示を出した。

「キヌ、今から全力で暴れる。新しいスキルも使うつもりだが、多分キヌも巻き込んじまいそうだ。後方へ全速力で移動して、できる限りの防御策を取っておいてくれ。もし防ぎきれないと判断したら即迷宮帰還で離脱しろ」

「分かった。アウンは大丈夫？」

「俺は全く問題ないよ。むしろ敵を心配してやってくれ。じゃ、行ってくる」

「ん。いってらっしゃい」

キヌは最後にファイヤーストームで広範囲の敵を殲滅し、後方へと離脱した。

全く出来た相棒だ。俺の考えを即座に理解し、してほしい行動を俺の期待値以上に行なってくれる。


さて、ここからは俺の仕事だ。

魔物達に恨みはないが、あいにく……我慢も自重もしねぇって決めてるんだ！
「安心しろ、痛みを感じる前に消し飛ばしてやる」
魔物の群れを見据える。眼前にはCランクの魔物が集団で向かってきていた。後方にBランクの魔物もチラホラ見え出している。
敵の総数は目算で５００程度。第一波も大詰めといったところだろうか。

「【雷鼓《らいこ》】、【迅雷】」

【雷鼓】を発動すると、俺の背部に環状に連なる九つの雷でできた太鼓が出現し、【迅雷】を発動すると黒い電流が俺の周囲を迸る。
全速で魔物の群れの中心に向かって敵をなぎ倒しながら直進していくと程なくして、おおよそ群れの中心であろう場所に到達した。

「【雷玉】」

九つの電気の球を周囲に展開、それを両手で一つの大きな魔力の玉に纏め地上に固定する。バチバチと轟く雷の魔力に触れた敵は、それだけで絶命していく。

そして俺は空高く跳び上がり【空舞《くうぶ》】で一度停止した。

さて、準備は整ったな。

「これが俺の最高出力だ！　この辺の地形もろとも破壊し尽くしてやんよ！」

右手に魔力のほとんどを集中させる。周囲にバチバチと放電音が鳴り響き、右手は黒い電気のオーラで満ちていく。

「【涅哩底王《ねいりちおう》】」

【空舞】で空を蹴って地面目掛けて高速で突っ込み、オーラが充満している右の拳で地上に固定してある巨大な雷玉をぶち抜き地面ごと叩き割った。

直後、耳を劈《つんざ》く落雷音とともに、上空から巨大な一閃の雷光が地面に向かって走り、周辺一帯を光の奔流《ほんりゅう》と雷撃が襲う。

光が収まると、数秒前まで辺り一面を覆い尽くしていた魔物の姿は、俺を残して全て消失し、地面に巨大なクレーターだけが残っていた。

〈ステータス〉
【名前】百目鬼　阿吽　【種族】羅刹　【状態】魔力自然回復不可状態（残１２００秒）

【レベル】43　【属性】雷・闇
【ＨＰ（体力）】３４５０／３４５０　【ＭＰ（魔力）】１／１０７０
【ＳＴＲ（筋力）】99　【ＶＩＴ（耐久）】37　【ＤＥＸ（器用）】19
【ＩＮＴ（知力）】１０７　【ＡＧＩ（敏捷）】１１１　【ＬＵＫ（幸運）】35
【称号】迷宮の支配者Ⅱ
【スキル】・鉄之胃袋・痛覚耐性
・体術（Ｌｖ・３）：体術で与えるダメージと衝撃がさらに強くなる（補正値向上）
・大食漢・品評眼・迅雷
・電玉→雷玉（変化）：雷属性攻撃魔法、状態異常付与＋威力増大、最大展開数９（ＭＰ消費30×展開数）
・装電→雷鼓（変化）：ＩＮＴ値の40％をＳＴＲとＡＧＩに上乗せし攻撃に雷属性付与。雷属性の与ダメージ２倍（ＭＰ消費60）
・空踏→空舞（変化）：３段跳躍、空中停止可能
・涅哩底王：極大雷属性攻撃技巧《アーツ》。ＭＰの残数が１となり、しばらくＭＰ自然回復不可となる。

〈装備品〉・赤鬼の金棒・秘匿のピアス・阿久良王和装一式

第23話　獣人族の避難

「ふぅ。きれいに掃除できたな！　ってかやり過ぎか？」
周囲の魔物は死体すら残ってなかった。キヌは大丈夫だっただろうか。繋がりが分かるから無事ではありそうだが、ダンジョンに帰還転移したのかな？
《キヌ、大丈夫だったか？》
《ん。効果範囲の外に出られたから大丈夫。アウン……すごかった》
《ちょっとやり過ぎちまったかもしれん。地面抉れてるし……とりあえずニャハル村まで戻る》
《私は今ニャハル村の近く。待ってる》
《分かった。すぐ向かう》

キヌと合流しニャハル村に入るとバルバルと羊の獣人が近づいてきた。

「アウンさん！　すごいことになっていましたが、大丈夫でしたか！？」

「あぁ。大丈夫だ。魔物は全て殲滅した。それよりもどうなった？」

「全て殲滅……やはりあれはアウンさんの魔法だったのですね！　村のほうはなんとか全員で避難することに決まりました。決め手はアウンさんのあの魔法です」

「そうか。ならさっそく出発してくれ。猶予は数日しかない。あと、そちらの方は？」

羊の獣人がバルバルの横で深々と頭を下げている。

「アウン様、儂はこの村の村長をしております、メルメルと申す者でございます。この度は獣人族を救ってくださり、ありがとうございました」

「礼ならバルバルに言え、バルバルが必死に助けようとしていたから手伝っただけだ」

「アウン……照れてる」

「そんなことよりもだ！　これからの話をするぞ！」

「はい！」


その後、獣人族が集まっている広場へ行き、バルバルとメルメルの指示のもとプレンヌヴェルトへ向かって移動することになった。

バルバル曰く、数人は村に残ると聞かなかったそうなのだが、雷の極大魔法（技巧）を見て、避難することに決めたらしい。

そう思えばやり過ぎではなかったようだ。

でっかいクレーター作っちゃったけど……。

そしてその魔法は俺がやったと分かると獣人達から「雷神の遣いだ」と崇拝されだした。

もちろんやめさせたが俺とキヌを「アウン様、キヌ様」と呼ぶのはやめてもらえない。

ニャハル村を出た獣人は総勢五十人、老人や子供もいるが、動けない者はいないらしい。避難を開始すると、思ったよりも移動速度は速い。獣人は身体能力が高いようだ。

老人や子供は荷車に乗せ、戦士達が護衛しながら順調に避難は行えている。
村長のメルメルとも話をしたが、今後はプレンヌヴェルトで新しい獣人村を作っていくことに決まったそうだ。
《イルス、家屋はできているか？》
《できているでござる！　もう一階層部分の平原への露出を行ってもいいでござるか？》
《そうだな。あと一時間ほどで到着しそうだから、そろそろやっておいてくれ》
《分かったでござる》
イルスに確認を取ると、受け入れ準備も整っているようだ。さて、これからどうするべきかを決めないとな。
スタンピードは一時的に止めることはできたが、解決はしていない。
おおまかな計画はあるのだが……その前にバルバルと話をしなければならない。
「バルバル、ちょっといいか？」
「なんですか？　アウンさん」
「移動しながらでいいが、少し離れた所で話したい。誰にも聞かれたくない話なんだ」
「分かりました。それでは索敵《さくてき》と先導を兼ねて少し前を歩きましょう」
俺とバルバルは二人で集団の前方へ少し離れた。キヌには集団の先頭でスピードをコントロールしてもらっている。

「それで話ってなんですか？」

「実はさ、バルバルも俺達の仲間にならないかと思ってな。俺の秘密を打ち明けているし、何より俺達はお前を気に入ってる。これからの計画に協力してほしいんだ」

「仲間に……私がですか？　いいんですか！？　私は戦えませんよ？」

「俺がバルバルに求めているのは強さじゃないんだよ。バルバルにしかできない役割がたくさんある。例えば、今後クランを立ち上げるつもりなんだけど、俺は組織の管理や運営はやったことがないし、資金調達だって行商人をやっているバルバルのほうが俺より得意だろ？　だから、俺達の計画にバルバルも加わってほしいんだよ」

「そういうことであればお力になれると思います！　それに、アウンさん達には返しきれないほどの恩がありますし、私もお二人のことが好きです。仲間に入れてもらえるなら、ぜひお願いしたいです！」

「よかった。それと従属契約ってのをしてもいいか？　契約と言ってもできることは多くなるが、バルバルを縛りつけるものじゃない」

「分かりました。それもアウンさんの秘密なんですよね？　それが仲間として必要なことなら、私に否やはありません！」

　俺とバルバルが握手をするとバルバルとも繋がりができたのが分かる。

「よし、完了だな」

「わぁぁ。何か不思議な感覚があります」

「これでバルバルも俺達の仲間だ。改めてよろしくな」

「はい！　よろしくお願いいたします！」

その後、バルバルにダンジョンの機能やアルスとイルスのこと、念話や転移などが行えるようになったこと、俺達の目標などを説明し終えた頃にプレンヌヴェルトに到着した。

到着してからは、獣人達には夜になるまで荷下ろしや家決めなどを行なってもらっている。

家を十棟建てておいてもらってよかった。人数的にちょうど入りそうだ。

柵や防壁がないため、昼夜問わず戦士達が順番に見張り番を行うことになるのはなんとかしないといけないな。

第二の獣人村の名前は、俺に決めてくれとメルメルに言われたので『プレンヌヴェルト』そのままにしておいた。とりあえず、この村の運営はしばらく獣人達に任せておいて大丈夫だろう。

こうしてプレンヌヴェルトダンジョンは新たに一人の仲間と五十人の移民を獲得したのだった。

しかし、俺達にはまだやらなければならないことがある。スタンピードの解決だ。

第24話　知略

情報と作戦の共有のためにアルス、イルス、キヌ、バルバルの四人にプレンヌヴェルトのコアルームに集まってもらった。

バルバルは周りの光景やコア達に驚きながらもアルスとイルスに自己紹介をしている。

「さて、始めるか。現在置かれている状況とこれからの作戦の共有をしたい。とりあえず俺が考えていることを話すから、質問は後にしてくれ。まず、スタンピードの解決は冒険者達にやってもらおうと思う。理由としては、二つだ。一つ目は、獣人達がニャハル村を放棄して新しい村を作る理由が、人間達に分かりやすいようにしなければならない」

スタンピードを俺達が解決してしまったら、村が破壊された理由が人間達には歪んで伝わってしまう可能性もある。

「二つ目は、俺達が目立ち過ぎないようにするためだ。遅かれ早かれスタンピードが起きていた事実は人間達にも伝わることになるだろう。それを解決したのが俺達だと分かると余計な問題が起きかねない。これから俺達は冒険者登録をしてパーティーを組み、仲間を増やしながらクランを立ち上げる。この障害となりうることは極力排除したい。ここまでで質問はあるか？」

するとバルバルが手を上げ疑問を投げかけてくる。

「よろしいですか？　スタンピードはアウンさん達だけでも止めることができるんですか？　あ

と、冒険者にコアルームやコアのことが知られてしまいますが、それは大丈夫でしょうか？」

「そうだな。極論を言えば俺とキヌでも止めることは可能かもしれない。ただ、相応の危険が伴うし、討ち漏らしも必ず出る。攻略するとなるとあの極大技巧も使えないしな。通常のダンジョン攻略と違って、魔物がダンジョン内に溢れていることも考えると危ない場面も出てくるだろう」

次にコアルームについての考えを話す。

「これは俺の予測だが、コアルームに到達するのはかなり上位ランクの冒険者になるはずだ。そこに辿り着けない下位の冒険者には、情報は秘匿されるのではないかと考えてる。理由は、ダンジョンが国の有益な資源になっているからだ。ダンジョンから出るレアなアイテムもそうだが、ダンジョンの周囲には人が集まりやすい。そうなると自然と金が回るようにもなる。これはダンジョン都市ウィスロを見ても分かるだろう。国にとってそういう場所は、できるだけ潰したくないはずだ。今回のようなスタンピードでもない限りな」

「そういうことでしたか。分かりました。では、今後どのように動くことになるのですか？」

「まず、バルバルはレクリアの街に向かい、冒険者ギルドにスタンピードが〝起こりそうだ〟と伝えてくれ。獣人達は既に村を放棄して避難を行なっていることも。そして『スタンピードの経路は商業都市ミラルダに向かうのではないか』という予測もできれば伝えてほしい。ミラルダはこの国の商業の中心地だ。国にとって大きなリスクがあると分かれば、ギルドや国の上層部も動きが早くなるだろ」

「了解しました。すぐに向かいます。アウンさん達はどうするんですか？」

「俺とキヌは先に蒼緑平原の南部へ向かい、スタンピードを少しでも食い止めておく。冒険者達に俺達が味方であると示すチャンスでもあるからな。頃合いを見計らってフォレノワールダンジョンに帰還するよ」

「分かりました。それでは私は今すぐレクリアに向かいます。アウンさん達もお気をつけて」

「おう、何かあったら念話で伝えてくれ」

そう指示を出すとバルバルはすぐにダンジョン外へと転移し、レクリアに向かっていった。

◇ ◇ ◇

二日後、俺とキヌは蒼緑平原のニャハル村と商業都市ミラルダのちょうど中間付近にいた。

あの後バルバルからの念話では、レクリアの冒険者ギルドへ報告を済ませ、『討伐隊が組織された』という情報が入ってきている。

その情報はミラルダにも伝えられ、国からの緊急クエストという形で冒険者達が集められた。

その中には予想通り一組のSランクパーティーと二組のAランクパーティーが含まれ、総勢百人を超える規模の討伐隊となっているそうだ。

冒険者達はレクリアとミラルダの二方向から進み、あと10分程度でここへ到達する見込みだ。

俺とキヌの達成目標は、このスタンピードを利用し冒険者達に俺達のことを認知させること、それとキヌの進化である。

キヌも先日の魔物討伐で大きくレベルを上げており、あと二回のレベルアップでレベル40となる。進化が始まったら頃合いを見てフォレノワールへ帰還する予定だ。

「さて、魔物達のお出ましだな。目立ち過ぎないよう、前線をキープする程度に立ち回ろう」

「ん。もう始めていい？」

「おう！　んじゃ始めますか！」

冒険者に先んじて戦闘を開始する。そうすれば味方であることは一目瞭然だ。

10分ほど魔物達との戦闘を続けていると後方から冒険者達が駆けつけてきた。

「君達は！？　冒険者か？　私は【銀砂《ぎんさ》の風】のスコールドという！　加勢しよう！」

「助かった！　旅をしていたら急に魔物の集団に襲われたんだ。頼む！」

俺は適当に嘘をつき、先頭を【銀砂の風】に譲る。

その後は冒険者が次々と到着し、徐々に戦線を押し上げていっている。こうなれば、よほどの強敵でも出てこない限り、冒険者達はダンジョンに到達することができるだろう。

20分ほど戦場を駆け回りながら戦闘を繰り返しているとキヌから念話がきた。

《アウン、進化始まりそう……迷宮帰還する》

《おう、こんだけ入り乱れてたら転移してもバレないだろ。俺も帰還するよ。んじゃ、フォレノ

ワールでな》
迷宮帰還でフォレノワールに戻るとキヌはすでに帰還していた。
狐の姿で身体は光っており、進化が始まっている。
キヌの身体は徐々に大きくなっていき、数十秒で光が収まっていった。
「今回は結構大きくなったな。キヌ大丈夫か？」
『キュオーン』
キヌは一鳴きすると人型に姿を変えていく。
狐の時のサイズは座っていても俺の身長を優に超え、全長は４ｍほどになっている。
ただ、人型の姿は今まで通りの可愛らしい美少女だ。
うん、どっちもカワイイ……マジ天使。えっとステータスは……

〈ステータス〉
【名前】絹　【種族】仙狐《せんこ》　【状態】—　【レベル】40　【属性】火・光
【ＨＰ（体力）】3500／4200　【ＭＰ（魔力）】930／1180
【ＳＴＲ（筋力）】20　【ＶＩＴ（耐久）】52　【ＤＥＸ（器用）】20
【ＩＮＴ（知力）】118　【ＡＧＩ（敏捷）】44　【ＬＵＫ（幸運）】13
【称号】従属者

【スキル】・ヒーリング
・明哲→聡明《そうめい》（変化）：5分間INTが120％アップ（MP消費60）
・ファイヤーアロー→フレイムランス（変化）：火属性攻撃魔法（MP消費40）
・ファイヤーウォール・ファイヤーストーム
・フレイムバースト：自身が発生させている炎を瞬間的に爆発させる。
・狐火・人化
・キュア：一部の状態異常を回復（MP消費60）
・危険察知：自分や仲間の危険を事前に感知できる

おぉ！　俺ほど凶悪に変化してはいないが、魔法の威力が上がったり状態異常が回復できたりとすごくバランスがいい魔法職となっている。

キヌがいるといないのとでは、パーティーとしての安定感が天地ほど変わる。

「スタンピードは冒険者に任せて、俺達はプレンヌヴェルト迷宮の整備をしつつ、バルバルからの情報を待つかな」

それから俺はバルバルと念話で情報共有をしつつ、プレンヌヴェルトの二階層以降の整備と階層の増築を行なった。

そしておよそ三日後、バルバルからSランクパーティー【銀砂の風】によってニャハル村近くのダンジョンのコアが破壊され、スタンピードが完全に止まったとの報告が入った。

第3章
ドラゴン捕獲してみた

第25話　第二回迷宮魔改造会議

スタンピード終結から三日後、レクリアで情報収集や買い物などを行ってもらっていたバルバルも含め、一度情報共有のためにフォレノワールダンジョンのコアルームに戻ってきてもらった。

「みんなお疲れさん。特にバルバルは数日動きっぱなしだっただろ。フォレノワールにバルバルの部屋も作っておいたからこの情報共有が終わったらゆっくり休んでくれ」

「ありがとうございます！　でも夜はしっかり寝てましたし、みなさんと目標に向かって動くのは楽しいので大丈夫ですよ！」

「そうか。あんま無理はすんなよ？　じゃあさっそくバルバルから、街で得た情報を話してくれ」

「分かりました。まず、みなさんもご存じだと思いますが、SランクとAランク冒険者のパーティーによってスタンピードは止まりました。そしてダンジョンコアのことはアウンさんの予想通り秘匿されています。ダンジョンコアのことを知っているのはボスを撃破した二パーティーのメンバーとギルドマスター、それと国の上層部のみだと思われます」

「やっぱりそうなったか。好都合だな」

「次に、ボスを討伐したパーティーと、いち早く情報提供した私に特別報酬がもらえるそうです。希望を聞かれましたので大容量のマジックバッグをお願いしておきました。商人としても今後の計画においても必要だと判断したのでそうしましたが、よかったですか？」

すごいな。今からお金を渡して買ってもらおうと思ってたが、全部手間が省けてよりレアリティーの高いものが手に入りそうだ。

「さすがだな！　問題ないどころかこれからバルバルにお願いしようとしたのを先にやってくれたことになる」

「それならよかったです。最後にですが、今回のようなスタンピードが起きないように、今後はダンジョンが見つかった後は、ギルドから冒険者にダンジョンの魔物の間引き依頼が定期的に出るようになるそうです。ダンジョンのシステムなどは知られてないですが、あながち対応としては間違ってはいませんね。あ、あとアウンさんとキヌさんのことが冒険者の間で話題になってましたよ！『やたら強い旅人がいて、討伐を手伝ってくれた』って」

これも思惑通りにいったな。街に入って排除されることはなさそうだし、最悪【銀砂の風】の名前を出せば荒事は避けられそうだ。

「そうか、すべて順調で怖いくらいだな。情報収集ありがとな。聞きたいことは大体聞けた」

「はい、引き続き情報収集はしておきますね」

「んじゃ、次は俺からだな。まずダンジョンに関しては今回のスタンピードが蒼緑平原まで及んでいたからかプレンヌヴェルトのほうにも大量のダンジョンポイントが入ってきた。この増えたポイントでダンジョンの拡張を行なって、現在八階層まで作成できている。七階層にレッドオーガ、八階層のボスに牛頭鬼と馬頭鬼を配置してあるから、攻略自体は中級者以上になると思われるが、二階層から五階層はEランクの魔物を配置してあるから初心者でも探索できるレベルに調整してある。次に一階層、平原に露出しているフロアにある獣人村のほうだが、こちらもこの数日で安定してきてる。隣接している蒼緑平原との境界線は分からなくしてあるし、周囲の魔物も問題なく戦士達が狩れている。食糧事情も大丈夫そうだ。あと、俺から獣人達に商店と宿屋が営業できる建物を建ててもらえるように依頼してある。そしてダンジョン二階層への入口を作るのは、およそ半月後を想定してる」

「順調じゃな！　して、今後はどのように動けばよいのじゃ？」

「アルスはこのフォレノワール迷宮の入口を閉じ、クラン拠点の作成に動き出してくれ。イルスはダンジョンポイントの貯まり方を見ながらプレンヌヴェルト迷宮の拡張を行なってほしい。最終的には五十階層を超えるダンジョンを目指すつもりだからな」

「分かったのじゃ」

「了解したでござる」

「バルバルにはやってもらうことがたくさんある。まず、プレンヌヴェルトに商店と宿屋を開いてほしい。今後、多くの冒険者がダンジョン攻略に来ることを考えると、大きな黒字を出せるだろう。初期投資に必要な費用は俺が冒険者だった時に貯めてた金があるから、それで賄えるはずだ。それと同時に、獣人族やこの村の代表者にもなってもらいたいと考えている。これは村長のメルメルからの打診でもあるんだけど……任せてもいいか？」

「うわぁ、大変そうですね……でも頑張りますよ！　そのほうが、いろいろ都合がよさそうですしね！　ただ、数人獣人族から補助要員をつけてもらいたいのですが、いいですか？　もちろんアウンさんの秘密は話しませんが」

「それは任せるよ。優秀そうな人材を見繕って決めておいてくれ」

「ありがとうございます。さっそく動き出しますね！」

「少しは休めよ？　さて、最後は俺とキヌだ。今からレクリアに行って冒険者登録をする。そしてひとまずの目標はBランクだ。Bランクになればクランの立ち上げができるようになるからな！」

「ん。今から行く？」

「そうだな。向かおうか」

こうして情報共有も終わり、俺とキヌはレクリアの街に向かうこととなった。

第26話　冒険者登録

翌日、俺とキヌは何の問題もなくレクリアの街に入った。

街に入れてもらえないとか、門番に攻撃されるかもといったことを心配していたが、そんなことは全く起きず、門番の人達に冒険者ギルドに行くように催促をされたくらいだ。

和装で角や獣耳がある二人組ってのは他にいないし、道中でめちゃくちゃ目立っていたが、まぁ仕方ない……。

冒険者ギルドに入ると、中にいた冒険者やギルド職員が一斉にこちらへ注目した。

ここでも「面倒事になるかなぁ」なんて考えていたが、「スタンピードの時は助かったぞ！」と数人にお礼まで言われた。

さらに冒険者登録をしようとすると、ギルドマスターの部屋に通された。

トントン拍子に話が進み過ぎて怖いくらいだ……。

そして現在、俺達の目の前には額から右目にかけて大きな傷跡がある五十代の怖いオジサマがいる……。

まぁギルドマスターなんだが。

「おぉ！　お前さん達が噂の旅人か！　俺はこの街のギルドマスターでスパルズってモンだ。よろしくなぁ」

「あ、はい。初めまして阿吽とキヌと言います。冒険者登録をしに来たのですが、何やらみなさんの反応が予想と違って困惑しております」

「がっはっは！　スタンピードで大暴れしてたって聞いたぞ？　相当強えぇってなぁ。そん時に助けられた冒険者達もいて、噂になってたんだ。で、だ。冒険者登録をする前に、一度強さを見せてもらいたくてな！　本来ならFランクからのスタートになるんだが、その強さ次第で上のランクから冒険者を始めさせてやってもいい！　どうだ？」

　これは思わぬ展開だ。

　いきなり飛び級なんか滅多にない。これは乗っておくべきだろう。

「では、それでお願いします。具体的に何をすればいいんですか？」

「そうだなぁ。今からBランク冒険者と手合わせってのはどうだ？　もちろん殺したり必要以上に傷つけたりしない。あー、あと敬語なんか別に使わなくてもいいぞ。俺も元冒険者だ。普通に話してくれ」

「……分かった。キヌは魔法がメインだが、どうするんだ？　冒険者相手に向けて撃つようなレベルではないと思うぞ？」

「おぉ、そこまでの火力が出るのか。それじゃあ、ギルドの地下訓練所に魔法用の的を用意するから、その的に向かって撃ってみてくれ。火力は魔法を見れば大体分かる」

「分かった。さっそく向かうか？」

「そうだな。Ｂランク冒険者も数人ロビーにいただろうし、適当に声かけてから向かう。先に行っててくれ」

そう言ってスパルズは部屋から出ていった。

部屋に残された俺達は職員に案内され、地下の訓練所に向かう。

訓練所は俺が人間だった時に使っていたが、『阿吽』として来るのは初めてだから知らないふりをしておいた。

「キヌ、火力を抑えるために【聡明】は使わずに魔法を撃ってくれ」

「ん。分かった」

バフスキルを使ったら壁ごと破壊しかねないからな……。さすがにそれはやり過ぎだ。俺もバフスキルは使わず、武器もなしで戦ってみるつもりだ。

数分すると十人の冒険者を引き連れたギルドマスターが現れた。

冒険者達は噂の新人の力試しと聞きつけ結構な人数が集まったようだ。

中には俺達がベテランに負けて悔しがる姿を見に来ている奴らもいるだろう。

ギルドマスターのスパルズに促され、まずはキヌの魔法を見せることになったのだが……

「【フレイムランス】」

――ドッゴーーーーン！

的をぶち抜いて壁が軽く焦げている。

「んなっ！？　なんちゅう威力してんだ……。あの的は魔法用に強化されてるやつだぞ……」

見物人はみんな目を見開いて唖然としている。

「阿吽、私より……強い」

キヌの言葉で「嘘だろ？」とか「これ以上！？」などと呟《つぶや》きながら、全員が俺のほうを見てくる。

「じゃあ、次は俺の番だな。相手は？」

「Bランク、【鉄壁のグレイザー】と呼ばれている冒険者なんだが……。いや、ちょっと変更だ。強度がオーガクラスの鉱石で作った物理攻撃用の的を用意するから、それを攻撃してくれ」

「それって破壊してもいいのか？」

「がっはっは！　大きく出たな！　破壊できるなら破壊しても構わんぞ？」

数分後、柱のような的が用意された。

まぁ予定通りバフスキルは使わずに殴るか……。

「いくぞー」

――ッシュッ、ドガーーーーン！！


オーガクラス強度の物理攻撃用の柱が真ん中からバッキリ折れている。

冒険者達はキヌの時以上に目を見開き、驚愕していた。【鉄壁のグレイザー】に関しては涙目だ。

「これでいいのか？」

「あ、あぁ。大丈夫だ。こいつぁ手合わせなんかさせられんな。今の攻撃で二人の強さは分かった。正直、ここまで強いとは想像していなかったがな……」

「ん？　そうか？　それならよかった。で、ランクはどうなる？」

「……Cランクだ。Fランクからは最高でもCランクまでしか飛び級させられんのだ。まぁお前らならすぐに上がっていくだろ」

「分かった、これで冒険者登録は済んだのか？　なんならグレイザーさんと手合わせもするが」

「や、やめてやってくれ……。帰りに受付でCランクの冒険者カードを渡す。それで晴れて冒険者の仲間入りだ。あと、申し訳ないが、この後もう一度俺の部屋に来てくれないか？」

「あぁ、分かった」

それからギルドマスターに付いていき、部屋へと通された。

「単刀直入に聞く。お前さん達は何者だ？」

「あぁ、やっぱり気になってたか……。キヌは『狐の獣人』で、俺は『鬼人族』という種族だ。物心ついた時から二人で森で暮らしていた。レベルが高いのは生きていくために魔物を倒さなければならなかったからだ。二人ともある程度戦えるようになったから、森から出て旅をしていたんだ」

「……そうか。まさか、鬼人族とは……」

「俺の種族について何か知っているのか？」

「いや、詳しくは知らん。そういう人種がいるということくらいしかな。それであの怪力も理解できた。まぁ悪い奴らじゃなさそうだし、心配はあまりしていなかったがな。これからよろしく頼む」

「あぁ、こちらこそよろしく」

魔物だということを隠すために考えておいた俺とキヌの生い立ちはもう少し詳しく設定してあるが、この程度で納得されたのならラッキーだ。

また詳しく聞かれたら答えればいいか。


そしてギルドの受付でCランクの冒険者カードを受け取り、冒険者という職業についての説明を簡単にしてもらった。

ギルドを通して冒険者が受ける依頼は、『通常依頼《ノーマルクエスト》』『指名依頼《ノミネーションクエスト》』『緊急依頼《アージェントクエスト》』の三種類に大きく分かれており、その中で護衛、採取、探索、討伐、運搬、雑用など細かく分かれていく。

『指名依頼』は依頼主が冒険者を指名して依頼を出すことをいい、報酬やギルドからの評価が高くなるが、滅多にない。

『緊急依頼』はスタンピードや高ランクの魔物の襲来など街の危機に出されるが、他国との戦争に関してはこれに含まれない。冒険者ギルドは〝中立の組織〟となっているため、戦争への参加は基本的に各自の判断に委ねられる。というか、誰も好きで戦争へ行ったりなんかはしないため、冒険者が戦争に参加することは極稀だ。

その他にもギルドでは魔物の素材を売ったり、ポーションなどの冒険必需品の購入、資産の貯金などができる。

このあたりは人間だった時に知っているのだが、キヌには説明をしていなかったため知らないふりをして聞いておいた。

その後、アイテムやキヌの装飾品などを見に街を散策していたのだが、その道中で〝とある再会〟が待っていた。

第27話　夢見る乙女の独り言　～オークガード視点～

わたくしはオークガードでございます。名前は、まだありません。

先日、〝ある御方〟と出会い、生きる目的が見つかりました。

その目的とは「あの御方に、わたくしを召し上がっていただく」ことでございます。


わたくしは、誰かと話すのが苦手でございます。

頭の中で考えていることを口にしようとすると、どうしても上手く話せなくなってしまいます。

しかし！　次にあの御方と再び出会った時、上手く話せないのではまた落胆させてしまいます。

そうなると、もう二度と食べていただくチャンスは巡ってこない……そんな確信があるのです。

なので、今日から頭の中で『誰かに話をする訓練』をしようと考えたのでございます。


……え？　この喋り方？

申し訳ございません。まだ不慣れなもので……。

少しずつ慣れていく所存でございます。実は、この口調にしているのにも理由がございます。

それは少し時を遡《さかのぼ》ることとなりますが、お付き合いいただけたら幸いでごあす……間違えました。幸いでございます。

あの御方と出会った直後から、わたくしに大きな変化がございました。

それは『他種族の言語が分かる』というものでごあ……ございます。

フォレノワールのダンジョンを出ようとするわたくしは裏切り者と見られたのでしょうか、下位のオーク達に襲われました。全員倒して差し上げましたけど……。

わたくしには〝強く、賢くなる〟という使命がございます。情けはかけていられません。


ダンジョンを出まして、森に着き、数体の魔物を撃退しましたら、身体が熱くなってきまして……気が付いたら【ガーディアンオーク】になっていました。

しばらく森を歩いていますと、野営している人間達が何やらお話しされていましたので、興味がわき、バレないように陰から聞き耳を立てていました。

するとすごいことが分かったのでございます。

話題は男性が『思わず食べたくなる女性』について。

雷に打たれた気分でした！

ご主人様に美味しく召し上がっていただくための知識が、ココにあったのでございます！

強く、賢いだけではダメなのだと……一晩中こっそり拝聴し、男性に好まれる女性の体つきや喋り方など様々なことを学ばせていただきました。

他の種族の言語が分かるって、こんなに素晴らしいことなのですね。

これからいろいろな知識を身につけ、名も知らぬあの御方に美味しく召し上がっていただくために日々精進してまいります。

本日はお話を聞いていただけて嬉しかったでごあす……あ、ございます。

わたくしの経験につきましては、また機会がございましたら、お話しさせていただきます。

◇　◇　◇

わたくしは元オークガードでございます。

最近、冒険者の方々から『シンク』と呼ばれております。

本日は、この名前と最近の出来事についてお話しさせていただきたいと思います。

わたくしは更なる強さを求め、常闇の森から出て、歩き回っておりました。

そうしましたら、いろいろな魔物や人間達に襲われまして……全て撃退して差し上げました。

あ、人間だけは殺してはおりませんよ？

人間の方々にはいろいろなことを教えていただけますので、追い払うだけです！

冒険者の方が逃げる時に置いていかれた「ハルバード」という斧と槍がくっついたような武器はお借りいたしましたが……。

数日後に小さなダンジョンを見つけたので入ってみますと、いろいろな魔物や、なかなかお強いボスがみえましたが、なんとか倒せました。

ダンジョンについては少しだけ知識がございましたので、出口から出て……また入口から入り直しまして、何度か挑戦させていただきました。それは、少し時間をおけば再び同レベルの魔物がダンジョンには現れるためです。

四回目のボスを倒しましたら、また身体が熱くなってまいりまして……わたくしは【オーククイーン】になっておりました。

オーククイーンになってから、木陰でのんびりと休憩させていただいておりますと、冒険者の方が近くを通られましたので、「お話が聞けるかな?」と陰から聞き耳を立てておりましたの。

そうしたら、うっかり見つかってしまいまして……。

その時わたくしはダンジョンの魔物やボスの返り血で全身が赤くなっていたらしく、冒険者の方々は逃げてしまわれましたが、その時からいろいろな冒険者の方々に『シンク』と呼ばれるようになりました。

とても可愛らしいお名前を頂けましたが、あの御方にも気に入っていただけるでしょうか……。少し不安です。

あ、それだけではありませんでした。

冒険者の方が「すてーたす」というものを使われておりましたので、見様見真似で使ってみたところ、自分のことがいろいろ分かりました。

名前も『深紅』となっております。これで「シンク」と読むのでしょうか？　やはり冒険者の方々は、わたくしの先生でございますね！

それで「スキル」というものの中に【人化】というものがございました。試してみますと、どうやら人間の姿になれるようでした！

とても興奮いたしました！

これであの冒険者の方達がお話しされていた『ツルツルでボンキュッボン』という身体にもなれますね！

それに街へ向かえば、いろいろなことが学べるのではとワクワクいたしました！


あ、お話が長くなってしまいましたね。

独りよがりな話で退屈されませんでしたか？

またお話しさせていただけると幸いでごあす。コホンッ、ございます。

それでは、またの機会に。失礼いたしやす……ますっ！

◇　◇　◇

わたくしはオークイーン、名前は『深紅《シンク》』と申します。

本日は、初めて人間の街に入った時のことをお話しさせてください。

わたくしは、伝説の『ツルツルでボンキュッボン』を手に入れるため、いろいろと試行錯誤しておりました。

『ツルツル』はなんとなく分かるのですが、『ボンキュッボン』がよく分かりません……。

そこに二人の女性冒険者が現れたのです。

意を決して話しかけてみますと、意外なわたくしの盲点に気付かされました。

そう、わたくしは〝服を身に着けていなかった〟のです。

確かに人間は、みなさん服やオークジェネラルのような鎧を着ていらっしゃいましたね。

女性達に、「魔物や冒険者に襲われた」と話をすると、涙を流して話を聞いてくださります。

同情されているようでしたが、なぜでしょう？　その後はとても優しく接してくださり、予備に持っていた服などを頂きました。

……後で気づきましたが、ハルバードと盾をダンジョンの前に置き忘れていました。

今度取りに行かねばなりませんね。

そして、「れくりあ」という街に連れていってくださるとおっしゃり、道中でいろいろな話を聞かせていただきました。

彼女達に、常々不思議に思っていた『ボンキュッボン』のことを聞くと笑いながら「それは、あなたのことよ」と教えてくださりました。

わたくしは知らぬ間に『ボンキュッボン』を手に入れていたようです。

それでもまだ、あの御方に食べていただけるか不安は残っております。

私に残されたチャンスは〝一度しかない〟と本能で分かるのです。

運命の時まで日々精進しなければなりません。

喋り方も、もっと上手にならなければ……『しっかりとした口調で、大きい声で、端的に』お伝えしたいことを言わなければならないのです。


街に入ってみますと、とても心が躍りました！　見たことがないものがたくさんあります。

これからが勉強の本番ですね！

今わたくしが一番知りたいことは〝冒険者〟という種族のことです。

冒険者の女性達に「あなた方のようになりたい」と伝えるとすぐになれると言うではありませんか！

連れていっていただいた「冒険者ぎるど」でお話を聞かせて頂くと、魔物を倒すと〝お金〟といういいものがもらえ、この街の中ではその〝お金〟を武器や食料などと交換してもらえるとのことです。『目から毛皮が落ちた』ような気持ちでした！

その後「冒険者とうろく」をして「まじっくばっぐ」をもらいました。これで勉強が捗りますね！　さっそくダンジョンに戻ってハルバードと盾を回収し、魔物をボコボコにしなければなりません！

忙しくなってまいりましたが、とても楽しく充実しています。

フォレノワールのダンジョンから出てきて正解でしたね！

あ、またまたお話が長くなってしまいました……。少しずつ喋り方も上手になってきているでしょうか？　またお話しさせていただけると幸いです。それでは失礼いたします。

◇　◇　◇

わたくしは【ボンキュッボン】のシンクと申します。

最近はクエストを行うことが楽しく、冒険者ランクはCまで上がりました。

また、毎晩寝る前に【人化】スキルの特訓をした成果で、エルフや獣人にも変化できるようになりました。

伝説のボンキュッボンを手に入れたわたくしであれば、種族を変えるなど造作もないことでございます。

そこで、常闇の森で冒険者の方に聞いた『思わず食べたくなる女性』最後の要素を探そうと思います。

『めいど』

これがなんなのかさっぱり見当がつきません。

そこで蒼緑平原へ行き『めいど』を探し回っておりますと、男性冒険者の方が一角兎に向け、高らかにこう仰っていたのです。

「〝めいど〟の土産に教えてやろう！　我が名はスマッシュ！　この世界を救う者だ！」と。

思わず声をかけてしまいました。

すると、その方はなぜか顔を真っ赤にして走り去ってしまわれたのです。

これは逃してはならないと思い、レクリアの街まで追いかけていき、先ほどのセリフはどういう意味か尋ねました。

その方は泣きそうになりながら「頼むから他の人には言わないでくれ！」と懇願されました。

もちろんでございます！　それほどまでに『めいど』は得難いものなのでしょう！

わたくしは約束を守る女でございます！

それからいろいろと質問をさせていただくと、「あぁ、そういうことか……」と仰りながら『めいど』になる方法を教えていただけました。

そのために必須なのは「めいど服」という服装でございました。

そこで防具屋へ行くと、店主様に特注で作っていただけることになりました。

今まで貯めたお金は全て使いましたが、『めいど』が手に入るのなら安いものです！


これで『思わず食べたくなる女性』すべての要素を揃えました。

あとは、あの御方にわたくしの思いのたけをぶつけるだけでございます！

やはり不安は残りますが、運命の時まで日々精進を続け必ずや養分としていただくのです！！


ここまでわたくしの拙劣《せつれつ》な話にお付き合いいただいてありがとうございました。

わたくしの念願が叶いましたら、もうお話はできなくなります。


最後に今まで学んできたことを、世の迷える女性達のために残しておこうと思い、わたくしの知識を記した本をレクリアの書店にこっそり並べておきました。

これでもう思い残すことはございません！


あら？

こ……この、甘美《かんび》な芳香《ほうこう》は！！

そ、それでは皆様行って参ります！

わたくしの最後の大舞台、しかと見届けてくださいませ！

第28話　深紅のメイド

俺達は冒険者登録を済ませた後、キヌ用のマジックバッグや減っていたポーションを購入した。

その後、装飾品を見に行こうと歩いていると、急に目の前に人影が現れた。

「あぁ、あの……あの！」

見た感じ女性の……冒険者？　メイド？

赤髪ツインテールでメイド服に巨大な盾とハルバード……どんな組み合わせだよ。

「なんだ？　俺達に何か用か？」

話しかけた途端、メイド女はうっとりとした恍惚《こうこつ》の表情を浮かべた。

めちゃくちゃ美人なのに、なんかすごく……いろんな意味で残念そうだ……。

「あ……あな……あなた様に！　お話がぁ、あるのでごあす！！」

「ごあす？」

「ございますぅ！！」

なんだろう……残念を通り越してキモくなってきた……。

「なんだ？　早く用件を言え」

「わ、わたくしは！　メス豚でございます！！　どうぞお召し上がりくださいっ！！」

「…………は？」

怖い怖い怖い怖い怖い怖い怖い怖い！！！

え？　何！？　どういうこと！？

ちょ……周りの人めっちゃこっち見てるし！！

俺が困惑していると、キヌがゆっくりとメイド女に近付いていった。

「おねぇさん、阿吽が混乱してる……。それに、周りに人が多いから、落ち着いて話せる場所まで行こ？」

キヌ！　落ち着いてる！　完璧な対応だ！

「はわわ……は、はい！」

俺達が歩き始めると、大盾メイド女も後ろから付いて歩いてくる。

とりあえずキヌに念話だ。

《なぁキヌ、こいつ大丈夫か？》

《ん。悪い人じゃないと思う。気持ちが強過ぎるだけ……。落ち着いて話を聞こ？》

なんだかキヌに言われるとそんな気がしてくる。

もともとキヌは他人の心を感じ取るのに長けていたしな……。

近くにあったカフェに入り、紅茶を注文して話を聞く。

「んで？　話ってなんだ。落ち着いて話せ」

「わた、わたくしは、あなた様を探しておりました！　その、食べていただくために！」

「おねぇさん、一つずつ話そ？　まず、あなたは誰？」

俺が質問をすると、どうしても意味が分からない方向に行ってしまうが、キヌが質問をすると落ち着きを取り戻せてきたようだ。

「わたくしは、その……もともとオークガードでございました。あなた様に『豚野郎』と言われ、食べようともされなかった未熟なオークガードでございます。今はオーククイーンとなり、人化のスキルでこの姿となりました。な、名前は『シンク』と申します……」

「え？　あのオークガード？　フォレノワールの？　あー、女だったのか……すまん。それと俺のことは阿吽でいい」

ちょっとキヌさん、視線が痛い……。

さすがに豚野郎がダメだったのは分かるから……。

「あ、あう、阿吽様……阿吽様っ！」

「いや、落ち着けって……。とりあえず全部話せよ。時間はあるから」

そこからシンクがどのようにオーククイーンとなったか、どんな経緯で名前が付いたのかを聞いた。

それにしても、なんで俺をこんなに崇拝しているのか……意味が分からん。

「そうだったんだな。そこまでは理解した。それで？　なんで俺に対してそんな感じになってるんだ？　ってか、なんで食われたいんだよ？」

「その……あの時のわたくしは矮小《わいしょう》で未熟な存在でしたから、絶対的強者の阿吽様には養分にしていただけなかったのです。敬愛する阿吽様に食べていただけるよう、ダンジョンを出て日々努力を積み重ねてきました。今なら！　養分にしていただくに相応しくなったと自負しております！」

「阿吽……シンクさんは、多分阿吽に必要とされたいんだと……思う」

「ん？　そういうことなのか？」

「必要としていただくなんて、烏滸《おこ》がましいことは申しません！　食べていただけるだけで満足でございます！！」

「あー、なんとなく分かったわ。どうすっかなー。今更食うってのも違うんだよな……」

「阿吽、仲間に……しよ？　シンクさんは、阿吽のために全力で頑張った。独りで……」

「んー、まぁな？　並大抵の努力じゃないことは分かる。自力で二段階も進化して【人化】まで身につけるなんてな。でもなぁ……」

「私が、これからいろいろ教える……ダメ？」

「……そうだな、分かった。キヌに任せる。ってことでシンク、お前もそれでいいか？」

「わ、わたくしは……こんな、こんな幸せなことがあっていいのでしょうか……。あ、阿吽様の仲間にしていただけるなんて……」

「シンクさん、一緒に阿吽を助けよ？」

「キ、キヌ様ぁ！　わたくしのことはシンクとお呼びください！　これから死ぬまで……いいえ、死んでからも！　阿吽様とキヌ様に忠誠をお誓い致します！　不束者《ふつつかもの》ですが、どうぞよろしくお願い致します！」

「分かった。これからよろしくな、シンク」

俺がそう言うと、従属契約が完了したようだ。シンクとの間にも繋がりができたのが分かる。

「阿吽様やキヌ様との繋がりが分かります。……心が、温かいです……」

それからシンクのステータスを確認しカフェを出ると、キヌは「いろいろと説明したいから」と言ってシンクと二人でフォレノワールに迷宮帰還していった。

さてと、俺は装飾品でも見に行って、少しクエストを受けるとするかな。

……あ、ギルドでパーティー申請するの、忘れてた。

〈ステータス〉
【名前】深紅《シンク》　【種族】オーククイーン　【状態】―　【レベル】42　【属性】地・水
【HP（体力）】7000／7000　【MP（魔力）】400／400
【STR（筋力）】56　【VIT（耐久）】98　【DEX（器用）】18
【INT（知力）】40　【AGI（敏捷）】22　【LUK（幸運）】10
【称号】従属者
【スキル】・堅牢《けんろう》：5分間VITが50％上昇（MP消費10）
・ガードインパクト：盾で受けた衝撃とダメージを2・0倍にして相手に撥ね返す
・アースウォール：地属性防御魔法（MP消費40）

・アースバレット：地属性攻撃魔法（ＭＰ消費20）
・ウォーターボール：水属性攻撃魔法（ＭＰ消費20）
・人化
・他種族言語理解：他種族の言語が理解できる
・挑発：敵からのヘイトを自分に集中させる（ＭＰ消費５）
・調理：食事を作成する時の時間短縮、レシピがない料理も美味しく作ることができる

〈装備品〉・ハルバード・オークガードの大盾・メイド服（闘）・レースアップロングブーツ（黒）

第29話　前兆

「久しぶりに一人で歩いてる気がする」

キヌがシンクとダンジョンに帰還したため、俺はレクリアの街を一人で歩いている。

キヌと出会ってから一か月にも満たないのだが、もう隣にキヌがいるのが当たり前になっていた。

「予定通り装飾品でも見に行くか」

装飾品を見に来たのには理由がある。

キヌやシンクと冒険者として街にいることが多くなることを考えると、ステータス隠蔽系の装飾品が二人の分もどうしても欲しいのだ。俺達が魔物だと分かる要素は極力隠しておきたい。

あまり出回っていないものであるため値も張るだろうが、一応どれくらいの値段なのか、そもそも売っているのかを確かめに行くのが今回の目的だ。

まずは装飾品の専門店に入ってはみたものの、品評眼では隠蔽ができる装飾品は置いていない。

装飾品は基本高く、ここに置いてあるものは最低でも金貨二枚。

最悪ダンジョンポイントで出してもらえるが、ポイントはできればダンジョンの改造費に充てたい。

一応防具屋にも少なからず装飾品が置いてあるのを思い出し、ダメ元で防具屋に来たのだが……。

「あるじゃん……しかも安い」

なぜか売っていたのだ。

指輪が一つにネックレスが二つも……理由は分からないが三つ合わせても金貨一枚。

鑑定してみると状態もすごくいい。レアリティーは緑だけど全く問題ない。

手持ちの金で買えたため、今後のことも考えとりあえず全て購入し、店を後にする。

「ラッキーだったな。次は冒険者ギルドか」

パーティー申請はキヌ達がいる時にしようと考え、Cランクで受けられるクエストを見繕っていると、気になるクエストを見つけた。

レクリアから西に向かった所にあるモルフィアの森での探索と調査依頼である。

通常Cランク以上は討伐依頼が殆どになるのだが、今回は探索と調査……。

依頼書を手に取り、詳しい話を聞いてみようと受付の女性職員に話しかけた。

「この依頼を受けようと思うんだが、調査だけでいいのか？」

「そうですね、このクエストは冒険者ギルドからの依頼です。最近モルフィアの生態系が変化したと報告がありまして、その調査となります」

「そうなのか……。具体的にどう変化したか教えてくれ」

「通常モルフィアの森には、Cランクのレッドタイガーや Dランクのコボルド系が生息してるのですが……。それに加え、そのさらに西側にある『赤の渓谷』の魔物が混ざっていると多数の冒険者から報告を受けています」

「赤の渓谷……ビッグスコーピオンやグリフォンか？」

「よくご存じですね！　その辺りのBランクの魔物が森へ入り込んできていると聞いております。なので今回は討伐ではなく、調査の依頼となります」

「分かった。別に討伐をしても構わないのか？」

「それはもちろん、可能であれば討伐もお願いしたいのですが、Cランクでは討伐はなかなか厳しいと……。あ、もしかして阿吽さんですか？」

「ん？　そうだけど……」

「やっぱりそうなんですね！　ギルドの中で噂になってました！　ものすごくお強いと！　でも無理はしないでくださいね」

「あぁ、ありがとう」

そう言うと俺は依頼書とギルドカードを手渡した。

「はい、受注完了いたしました。それではお気をつけて！」

その後、俺はすぐにモルフィアの森へ向かうことにした。

◇　◇　◇

レクリアから西に三時間ほど歩くとモルフィアの森が見えてきた。外からは特別変わった様子はない。しかし、森に入り少し歩いていると、前方から二人の女性冒険者が走ってきた。

どうやら何かから逃げているようだ。

「大丈夫か？　何があった？」

「え！？　逃げてください！　ビッグスコーピオンが！」

「きゃーー！！」

さっそくお出ましか。森の奥から木々がなぎ倒される音が聞こえてくる。

「お前らは先に逃げててくれ。【迅雷】」

スキルを発動し俺の周囲に黒い電流を迸らせる。

目の前の木がなぎ倒され、１・５ｍほどあるサソリが姿を現した。

すぐさまマジックバッグから赤鬼の金棒を取り出して前方へ駆ける。

そしてビッグスコーピオンとぶつかる直前、両手で持った金棒をビッグスコーピオンの側頭部目掛けてフルスイングした。

さすが防御力に長けている魔物なだけあって、外骨格が陥没はしたもののこれだけでは討伐できない。

とはいえ真横に吹っ飛ばされたビッグスコーピオンは裏返っており、すぐには自力で起き上がれないようだ。

毒のある尻尾の棘に気をつけながら、動けなくなっているビッグスコーピオンの頭部を金棒で何度か叩きつけるとそのままグッタリと動かなくなった。

「案外時間がかかったな。ん？　お前らまだいたのか？」

「ふぇぇぇぇ！　ソロでBランクの魔物を倒しちゃってるぅ……」

「死んだと思ったわ。助かりました」

「いや、俺もクエストで来てるからそれはいいんだけど、やっぱりこの森の生態系は変化しているみたいだな」

「私達も調査で来ているのですが、こんなに変化しているとは知らず……」

「シンクちゃんと会った時は、まだ普通だったもんねー。一週間前くらいかなー？」

「ん？　シンク？」

「そうそう！　めちゃくちゃ美人さんなんだよー！」

「はは……そうなんだな。とりあえずこの森は危なそうだ。二人はレクリアに帰ってギルドに報告しておいてくれ。俺はもう少し調査してから帰るから」

「分かりました。あの……お名前は？」

「阿吽だ。気をつけて帰れよ」

「阿吽さん、ありがとう！　阿吽さんも気をつけてねー！」

んじゃ、ちょっと森の奥まで走りますかね。


それから一時間程度森を走り回ったが、本来生息しているはずの魔物はあまり見かけず、グリフォンを二体とビッグスコーピオンを三体、レッドグリズリーを三体倒し、マジックバッグに収納しておいた。

やはり生態系が崩れているようだ。

俺が冒険者になってから十年以上、こんなことは起きていない。

赤の渓谷で何かが起きているのでは……と思いつつ、俺はレクリアへと帰還した。

第30話　黒の霹靂《へきれき》

調査と討伐の報告を行うために冒険者ギルドの受付に向かうと、受注した時の女性職員がいた。

「クエストの報告をしに来た。あと魔物の素材を買い取ってくれ」

「あ、阿吽さんお帰りなさい！　では報告からお願いします」

「おう、情報通りモルフィアの森に赤の渓谷の魔物が入り込んでいた。聞いていたよりかなり危険度は高そうだ」

「そうなのですね。確かに先ほど戻ってこられた冒険者も同様のことをおっしゃっておりました」

「一応モルフィアの森で遭遇した魔物は全て討伐しておいた、Bランクは合わせて九体だ」

「え……Bランクを九体も倒したんですか！？」

「全て単体でいたからな。確認が必要なら取り出せるがどうする？」

「こ、ここで出すのはやめてください。ギルドの裏にある解体所にお願いします。確認のため私も同行しますので」

促されるままギルドを出て裏手に回ったところにある解体所へと向かった。

ギルド職員と一緒に中に入ると、猫の獣人が巨大な包丁で解体作業をしている。

あの包丁さばきを見る限り戦闘も相当強そうだ。魔物がどんどん捌かれていく。

「キトキトさん、解体してほしい魔物があるのですが、どこに出してもらえばいいですか？」

ギルドの職員が話しかけるとキトキトは包丁を止めこちらに振り向いた。

「あー、それにゃら奥の机の上に出してほしいにゃ」

指定されたテーブルはかなり大きいが、すべての魔物は出せない。とりあえず三体の魔物をマジックバッグからテーブルの上に取り出す。

「あと六体あるのだが、どうすればいい？」

「にゃんと……そんなに討伐したのかにゃ。しかもBランクばかりじゃにゃいか。残りは奥の部屋に全部出してくれにゃ」

奥の部屋に入り、残りの六体の魔物をマジックバッグから出すと、ギルドの職員も驚愕していた。

「全て赤の渓谷の魔物ですね。というか半日で狩ってくる量じゃないですよ……。阿吽さんは本当に強いんですね」

「見事に全ての魔物の顔面が潰れているにゃ。頭以外の素材は綺麗に取れそうだから、買取金額は上乗せしておくにゃ。金はギルドに預けておくからクエストの報告がてら取りに来るといいにゃ」

「それは助かる。ありがとな。それで、報告は以上でいいのか？」

「そうですね。ちょっとモルフィアは思っていた以上に危険そうなので、ギルドマスターに報告しておきます。依頼は完了なので明日、素材の値段と合わせてクエスト報酬もお渡ししようと思いますが、よろしいでしょうか？」

「あぁ。それで構わない。んじゃ明日また来るよ」

そう言って解体所から出ていき、誰もいない路地裏でフォレノワールに帰還転移した。

フォレノワールに迷宮帰還をするとキヌとシンクが楽しそうに話をしている。

女性同士だと仲良くなるのも早いんだな。

「阿吽、おかえり」

「阿吽様！　おかえりなさいませ！」

「おう、ただいま。キヌ、説明は終わったか？」

「ん。全部説明した。シンクは頭がいい。理解するの早かった」

「そうなのか。期待できるな。シンクも明日から俺達と一緒に冒険者として行動だ」

「わ、分かりました。精一杯頑張ります！」

「あ、それと二人に渡しておきたいものがある」

俺は隠蔽の指輪をキヌに、隠蔽のネックレスをシンクに渡した。

「それはステータス隠蔽の効果がある装飾品だ。街に行くときは必ず身に着けておいてくれ」

「ん。ありがとう。阿吽からもらったもの、ずっとつけておく」

「あ、ありがとうございます。大切にいたします！」

「おう！　明日からガンガン依頼をこなして、早くBランクに上がっちまおう。あ、そういえばパーティー登録も明日するんだけど、パーティー名どうしようか。キヌ何かいい案あるか？」

「ん……阿吽のあの魔法……黒い稲妻すごかった。【黒の霹靂《へきれき》】どう？」

「おー、それいいな！　決まりだ！　明日この三人のパーティーで登録しておく。んじゃ、俺は先に寝るから二人もゆっくり休めよ」

そう言って寝室へと入る。キヌとシンクはまだ話し足りない様子であり、コアルームから動く気配はない。

二人の嬉しそうな話し声を聞くと、シンクを仲間にできてよかったと思える。

ちょっと変なヤツだが、キヌがいろいろと教えていけば大丈夫だろう。

俺はベッドへ入るとゆっくりと目を閉じ眠りに落ちていった。


翌朝、目が覚め横を見るとキヌが隣で眠っている。俺が寝てからベッドに入ってきたようだ。

てっきりシンクと一緒に寝るのかと思っていたが、寝るときは俺の隣らしい。

ベッドから起き上がりコアルームへと向かうと、既にシンクはいろいろと動いていた。

「おはようございます！　阿吽様！」

「おう、おはよ……ん？　シンクが朝飯つくったのか？」

「はい！　アルス様がダンジョンを改造し、わたくしの部屋やキッチンを作ってくださいました。お口に合うか分かりませんが、どうぞお召し上がりください！」

「おー、それは助かる。これから俺達の飯は全部任せてもいいか？」

「っ！　光栄でございます！！　ぜひお任せください！」

それからアルスやイルスと情報共有をしていると、キヌも目を擦りながらコアルームへと出てきた。

キヌは用意してある食事を見るとシンクを見て微笑んでいる。食事の件はキヌの提案だったようだ。

しばらくするとバルバルも部屋から出てきたため、みんなで集まっての朝食となった。シンクの作った朝食は普通に美味い。【調理】のスキルも関係しているのだとは思うが、一生懸命作ってくれたことは料理を見ればすぐに分かった。それにみんなで集まって食事がとれるのはすごく幸せを感じる。

朝食を終えた後は、予定通り三人でレクリアの街に向かうこととした。


さて、クエスト達成しまくってBランクになっちゃいますか！

◇　◇　◇

それから一週間は街の宿屋に宿泊しながらクエストをこなし、レベルを上げ、素材を売る流れを繰り返した。

その結果、レベルは俺が48、キヌとシンクは44となり、全員がBランク冒険者に、【黒の霹靂】としてもBランクパーティーとなったため、念願だったクランの立ち上げ申請を行なった。

俺は、『家族のように信頼し合える仲間達と最高のクランを作る』というのが子供のころからの夢だった。だから、Bランクに上がることができた今日という日は、夢を実現するための一歩目を踏み出せた記念すべき日なのだ。

まぁクランの設立日は申請をしてから審査を通過する必要があるため、正式に認められるのは十日ほど経ってからなのだが……。

クラン名に関しては、申請が通り次第決めればよいとのことであったため、一旦持ち帰り検討としておいた。申請が通るまでの期間で皆と相談して決めておこう！

人間だった時は半ば諦めていたクランの設立だったが、魔物になってからは良い仲間達に恵まれ、それが実現しようとしている。そう思えば、魔物になったことは俺にとっていい転換期だったとポジティブに考えられるようになりそうだ。

第31話　Sランク魔獣襲来

冒険者ギルドでクラン設立の申請を行ない、レクリアの街での目標はひとまず達成したと一息ついていた時、入口の扉から倒れ込むように四人の冒険者が入ってきた。四人とも傷だらけで、特に一人は一目で重傷だと分かるほどの出血をしている。

「キヌ、回復してやってくれ」

「ん。【ヒーリング】」

キヌが魔法で回復していくと重傷の冒険者の傷は徐々に癒えていく。なんとか一命は取り留めたようだ。

俺も回復ポーションで他の三人を回復させるが、ポーションではキヌの魔法より治りは遅い。

なんとか一人が話せるようになったところでギルドマスターのスパルズが駆け寄ってきた。

「何があった？」

「黒いドラゴンがこの街の方角に向かってきています！　サイズからみてSランクの魔物かと……」

「なんだと！？　今どのあたりにいる！？」

「モルフィアの森です。進行している方角からすると……この街に来る確率が非常に高いと思われます……」

「くそっ！　なんだってこんなタイミングで……」

「とりあえず重傷者を治療院に運んだほうがよくないか？」

俺が提案すると職員が数名がかりで重傷者を運んでいった。

モルフィアの森に関しては嫌な予感がしていたが、それにしてもドラゴンとは……。

「阿吽、いや【黒の霹靂】のメンバーは、ちょっと俺の部屋へ来てくれ」

「分かった」


数分後、ギルドマスターの部屋へ通されると、すぐにスパルズが話し始めた。

「阿吽達も知っての通りモルフィアの森の生態系は二週間ほど前から変化していた。それで、今回調査のためにAランクパーティー【幻想《げんそう》の春風《はるかぜ》】を派遣していたんだ。それがさっきの四人組だ。現在この街にはSランクパーティーはいない。一番近いミラルダから呼んでも、レクリアに到着する前にドラゴンが街に入っちまいそうだ……。で、だ……こんなことをお願いするのは心苦しいが、なんとかしてドラゴンの進行を遅らせてくれないだろうか？　実力的に頼めるのが【黒の霹靂】しかいないんだ……。この通りだ！　頼む！」

そう言うとスパルズは深々と頭を下げた。

「そういうことか。んーまぁ、受けるのは構わないぞ？　それは指名依頼として受けさせてもらうってことでいいか？」

「い、いいのか！？　もちろん指名依頼としてクエストを出そう！　本当にすまん。本来はSランクへの指名依頼レベルの案件だ……。報酬はしっかりと出す！」

「あぁ。報酬の件は後でいい。とりあえずもう少し詳しい情報や考えている作戦を教えてくれ」

「まず、さっき阿吽達も聞いた通り、ドラゴンがこの街の方角へ進行中らしい。【幻想の春風】が言うにはSランク相当の個体だ。今しがた通信型魔導具でミラルダの冒険者ギルドに救援要請はしておいたから、早ければ半日、遅くても一日以内にはこちらへSランクパーティーが到着するとは思う。なぜドラゴンがこの街へ向かってきているのかは不明だが、とにかく市民の避難を最優先に行うことになる。【黒の霹靂】は住民の避難が完了するまでの時間稼ぎをしてほしい。とにかく少しでもドラゴンを足止めしてくれ」

「分かった。ってか、討伐できるなら討伐してもいいんだよな？」

「もちろん……それができればしてほしいのだが、さすがに危険過ぎる。そこまでは頼めん……」

「分かった。今から向かう。キヌとシンクもそれで大丈夫か？」

「ん。問題ない」

「阿吽様とキヌ様の行く所が、わたくしの行く所でございます。わたくしへの了承は必要ありません」

「よし、んじゃ行くとするか！」

「本当にすまん……。よろしく頼む……」

スパルズはそう言うと再び頭を深く下げた。

「おいおい、こういう時はもっと気合い入れて送り出してくれよ、スパルズ。ギルドマスターだろ?」

「……フッ、そうだな!　行ってこいお前ら!　街のほうは任せておけ!」

「おう!　行ってくる!」

西門から街を出ると、すぐに森の方角から巨大なドラゴンがこちらへ向かって飛んできているのが確認できた。

予想よりもかなりペースが速いな。ってか、これは街からでも見えるレベルじゃね?　混乱が起きなきゃいいけど……。

「俺は先行して叩き落としてくる。できるだけ早く追いついてくれ。【迅雷】」

スキルを発動し先行して駆け出す。

そしてドラゴンに近付くと、そのままの勢いでジャンプし、マジックバッグから赤鬼の金棒を取り出して顔面目がけて殴りつけた。

虚を突かれたドラゴンはその攻撃をモロに受け、地面へと叩きつけられたが、すぐに起き上がりこちらを見ている。

間近で見るとかなりデカい。オーガもひと飲みにできてしまいそうだ。それに翼を広げるとそのサイズはさらにデカく見える。

『ギャルルルロォォォォォ！！！！！』

すさまじい咆哮とともに空へ飛びあがり、尻尾で横薙ぎに攻撃をしてきたが、ジャンプと【空舞】で回避する。

スピード自体は対応が可能なレベルだが、一撃もらうとヤバそうだ。

「阿吽、大丈夫？」

「あぁ、回避自体は可能だが、飛ばれると厄介だな。キヌは魔法で翼を狙ってくれ、シンクはキヌに攻撃がいかないように【挑発】のスキルで注意を引きつけてほしい」

「ん。分かった」

「了解いたしました」

キヌとシンクが到着してからは俺も翼を狙って攻撃を集中させていった。

この一週間はクエストを一緒にこなしてきたが、基本的にソロでも討伐できるレベルの魔物ばかりを相手にしていたため、このパーティー三人で協力して魔物と対峙するのは初めてだ。

だが、かなりバランスが取れており、お互いの意思疎通もできている。

キヌへの攻撃をシンクが受けきり、シンクがダメージを負うとキヌが魔法で回復させる。

このままいけば安定して討伐までいけそうだ。

しばらく攻撃を続けていくと翼への攻撃が効いたようで、ドラゴンは体勢を崩し空から墜落していった。

第32話　ドラゴン捕獲大作戦

ドラゴンが空から墜落したタイミングでキヌから念話が入ってきた。
《阿吽、シンク、このドラゴン様子がおかしい……》
《ん？　どういうことだ？》
《すごく、苦しそう……。自分の意志で動けていないみたい……》
《マジか。そうなると厄介だな……。どんな攻撃を仕掛けてくるか予想がつきにくい》
《助けて……あげられないかな？》
《うーん、そうだな。とりあえず原因を探りながら戦闘を続けよう。原因が分かれば助けられるかもしれん。キヌはそのまま翼へ攻撃を集中させてくれ、シンクも挑発は継続。俺は接近してドラゴンの状態を探ってくる》
《ん。ごめんね、無理言って》
《了解いたしました》
「【雷鼓】、【迅雷】」
バフを重ね掛け、最高速でドラゴンの真上へ移動、後頭部へ魔法攻撃をしながら背中へ着地した。

「ん？　あれは……！」
ドラゴンの背中に一本の剣が突き刺さり鱗や皮膚と同化しているように見える。【品評眼】で鑑定をしてみると『魔剣フラム』となっていた。
「魔剣フラム……だと！？」
鑑定結果に驚愕しているとドラゴンが跳ね上がり、俺は振り落とされてしまった。
《キヌ、シンク、原因が分かったかもしれん》
《何か見つけた？》
《あぁ、背中に魔剣が刺さっている。あの剣を破壊、もしくは引き抜くことができればドラゴンの暴走は止まる可能性がある。ただ、一時的にでも動きを止めなきゃいけないな》
《じゃあ……可哀想だけど気絶させる？》
《うーん、あ……そうだ！　ちょっと準備するから二人は攻撃を引きつけておいてくれ》
そう指示を出すと、俺はマジックバッグから大きめの麻袋を取り出し、常闇の森で大量に採取しておいた『アンミンダケ』をその麻袋に詰められるだけ詰め込んだ。
あとはこいつを無理やりにでも食わせられれば……。
ちょっと危険だが、やるしかないか。
《二人とも攻撃をやめて、俺にターゲットが来るようにしてくれ。噛みつき攻撃が来たタイミングで口の中に催眠効果のあるキノコを大量に突っ込んでくる》

《分かった。サポートに徹する》
《了解いたしました》
二人に指示を出すと、なるべく顔の近くを空舞で跳び回り、【雷玉】を何発か当てる。
そしてまた顔の周りを跳び回る。

『ギャロォォォォウ！！！』


執拗に顔の周りを飛び回っていると、ドラゴンは噛みつき攻撃を仕掛けてきた。

（今だっ！！）

マジックバッグからアンミンダケの詰まった麻袋を取り出し、大きく開いた口の中へ投げ込むと、空舞で噛みつき攻撃を回避して二人の近くに着地した。

「うまくいった？」

「バッチリ飲み込んだはずだ。あとは攻撃を避けながら雷玉を中心に攻撃して麻痺を狙ってみる」

「では、わたくしは挑発でターゲットを分散しておきます」

「ん。回復は任せて」

10分ほど経過した頃、ドラゴンはうつ伏せに倒れ込み、グゥグゥと寝息を立てだした。

「ふぅ。ちゃんと眠ったようだな。剣を引っこ抜くから少し離れててくれ」

ドラゴンの背中に上り、魔剣を引き抜こうとするが皮膚と一体化しているためなかなか引き抜けない。

「これは全力で引き抜くか。【雷鼓】、【迅雷】」

バフを重ね掛けし、筋力を最大まで上昇させる。そして、

「うおぉぉるぅぅあぁぁぁぁ!!!!」


――ブチブチブチッ、ブッシュ!

『ギャルルルロォォォォ!!?!?』

思いっきり引き抜くとドラゴンは飛び上がりながら大きな悲鳴をあげ、そのまま気絶した。

すると突然、右手に持っていた魔剣にＭＰが吸われ始め、俺の頭の中に黒い感情が入り込んできた。

《ギャーッハッハッハ!!　血ヲ、モット吸ワセロォォ!!!》

「なんだこの魔剣!?」

俺は咄嗟に魔剣フラムを地面へ突き刺し、飛び退いた。

地面に深々と刺さった魔剣からは、黒いオーラが溢れている。

「うわ、びっくりしたぁ！！」

「どうしたの？」

「急に意識を乗っ取られかけた……！　こんな危険な代物だったのか……」

「ということは……やはりあの魔剣が、ドラゴンが暴走した原因だったのですね」

「ん。どうする？」

「この魔剣は危険過ぎる……。とりあえず、破壊だな」

そう言うと、俺はマジックバッグから赤鬼の金棒を取り出し、地面に突き刺した魔剣フラム目掛けて力いっぱいフルスイングした。

「うぉらぁぁ！！」


――パキィィイン！


魔剣フラムの剣身が真っ二つに割れ、黒いオーラが霧散し消えていった。

スパルズへの報告のため、折れた魔剣をマジックバッグへ収納し終えると、突然ドラゴンの身体が光り出し、徐々に小さくなっていく。

そして、光が収まると18歳くらいの黒髪の男が倒れ込んでいた。

「これは……キヌ、とりあえずコイツを回復してやってくれ」

「ん。【ヒーリング】【キュア】」

腹部に空いていた傷が塞がり、睡眠の異常状態も解除できたようだ。

「ぐ……グフッ、ここは……」

「よう、起きたか？　お前はあの黒いドラゴンで間違いないのか？」

「っ、貴様《きさま》！　何者だ！　俺様を誰だと思ってンゲフゥ！！」

一瞬何が起きたのかと思ったが、シンクが鬼の形相で男を蹴り飛ばしていた。

「阿吽様に向かって……貴様とは……クソガキが。今からでも叩き潰してやろうか」

「シンク、口調変わってるぞ」

「あ、申し訳ありません……。わたくしとしたことが……」

「なんだってんだ……。いったいお前らは、ングゥ！」

「あなたを助けた阿吽様に向かって、その口の利き方はないでしょ？　教育が……必要ですね」

あー、完全にシンクのスイッチが入っちゃったっぽいな……。まぁキヌが助けようとしたんだ。

さすがに殺しはしないだろ……。多分……。


——数分後——

「……大変申し訳ございませんでした。俺の名前はドレイクと言います。俺を助けてもらったとは知らず……」

教育が完了したようだ……。

素直になったのはいいんだが、怯えてプルプルと小刻みに震えている……。

「阿吽様、キヌ様、この愚か者をわたくしに預けていただけませんか？　きっと立派な下僕《げぼく》に育て上げてみせます」

「いや、シンク……下僕はやり過ぎだ。そこまでしなくていいだろ」

「お二人の素晴らしさを分からせるだけです。おのずと下僕にもなりましょう」

「お、おぅ。ってかドレイク、お前はなんで魔剣に乗っ取られてたんだ？」

「それは……よく覚えていないんだンゲフゥ！　……いないのですが、寝ていた時に誰かに背中を刺されたのはなんとなく覚えて……います」

「誰か……そいつの特徴は覚えてるか？　あとシンク、喋りにくそうだから許してやれ」

「阿吽様がそう仰られるのなら……」

「ふ、普通にしゃべってもいいのか？　た、助かった。はっきりは覚えてないが、赤い髪の男だった」

「ん？　赤髪？　ってことはマーダスじゃないのか……。それに、お前はなんでそんな所で寝てたんだ？」

「話せば長くなるが……」

そう言ってドレイクは事情を語り始めた。

要約するとドレイクは『竜人族』という種族であり、赤の渓谷を越えた先にある『竜人族の里』という所で生まれ育ったそうだ。

父親は竜人族の里長であり、次期里長を決める試合で兄に敗れ、その結果が受け入れられず大暴れ。そして里を追放されたと。

行く当てもないため、赤の渓谷でも魔物相手に大暴れを繰り返し、疲れて眠っていたところを後ろからグサリ……。

「自業自得じゃねぇか」

「ち、違うんだ！　あいつ、卑怯な手を！　試合の前に俺の食い物に何か仕込みやがったんだ……。全然力が出なくなって！」

「詳しいことは分からんが、それでドレイク……お前はどうしたい？　別に俺達の仲間になることを強制はしないし、やりたいことがあるなら見逃してやる」

「お……俺は、強くなりたい！　もう里のことなんかどうでもいいが、もう誰かに負けるのは……嫌なんだ！　お前達の仲間になれば俺は……強くなれるのか？」

「うん？　そんなもんは自分の努力次第だろ。ただ、独りよりもみんなで努力したほうが楽しいのは確かだな」

「……俺も、仲間に入れてくれるのか？」

「おう、俺達は一向に構わねぇぞ？　ただ、俺と従属契約ってのをしてもらわなきゃならない。まぁ、お前を縛るものじゃないからそれは安心してくれ。嫌になったら契約を解除することもできる」

「……実は、お前らと戦ってる時に少しだけ意識はあったんだ……。一方的にやられて悔しかったが、信頼しあっている姿が羨ましかったのを朧気《おぼろげ》ながら覚えてる。俺も、お前らの……いや、兄貴達の仲間にしてほしい！」

「兄貴って……まぁいいけど。んじゃ契約成立だな」

俺がそう言うと、ドレイクとも魔素が繋がっていく。

「よし、完了だ！　これからよろしくな、ドレイク」

「うっす！　兄貴、姉さん方、これからよろしくお願いしゃす！」

なんか急に口調が変わったが……もともとこんな感じの喋り方なんだろう。

こうしてまた一人、新たな仲間が加わった。

〈ステータス〉

【名前】ドレイク・ベレスティ　【種族】竜人族　【状態】―　【レベル】41　【属性】風

【ＨＰ（体力）】４６００／４６００　【ＭＰ（魔力）】４００／４００

【ＳＴＲ（筋力）】70　【ＶＩＴ（耐久）】62　【ＤＥＸ（器用）】40

【ＩＮＴ（知力）】48　【ＡＧＩ（敏捷）】55　【ＬＵＫ（幸運）】10

【称号】従属者

【スキル】・装風《そうふう》：ＩＮＴ値の30％をＶＩＴとＡＧＩに上乗せ（ＭＰ消費30　ＯＮ／ＯＦＦ）

・ウィンドプレッシャー：風圧で敵の動きを制限する（MP消費20）
・ウィンドカッター：風属性攻撃魔法（MP消費30）
・サイクロン：風属性範囲魔法（MP消費60）
・竜化《りゅうか》：自身の肉体を竜型に変化可能（MP消費30　ON／OFF）
・飛行《ひこう》：自在に飛行が可能
・剣技《けんぎ》（Lv・3）：剣での攻撃時に相手に与えるダメージと衝撃が強くなる

〈装備品〉
・シルバーロングソード・竜人族のローブ・竜人族のシャツ・竜人族のロングパンツ
・竜人族のブーツ

第33話　ドラゴン騒ぎの後始末

ドレイクのステータスを確認し終えると、スパルズと【幻想の春風】の四人が馬に乗って駆けてきた。

「阿吽、大丈夫か！　ドラゴンの姿が見えないが、どこへ行ったんだ！？」

「あー。いろいろあったんだが、端的に説明するとあの黒いドラゴンは、そこにいる竜人族のドレイクが竜化した姿で、ドレイクは『魔剣フラム』によって狂暴化させられてたらしい。背中に刺さっていた魔剣を抜いたら竜人の姿に戻ったんだ。あと、魔剣は破壊して、ドレイクは俺達の仲間になった」

「ちょっと待て、いろいろ理解が追い付かないんだが……」

するとドレイクがスッと前に出て頭を下げた。

「俺が不甲斐ないせいで暴走し、お仲間を負傷させてしまい、申し訳ありませんでした！」

その姿に、俺を含め全員が唖然としてしまった。

しかし【幻想の春風】からの印象は大きく改善されたようだ。

「いえ、幸い死者は出ていませんし、重傷であったメンバーのグレイズも、阿吽さん達や治療院の方々のおかげで回復しました。阿吽さんのお話では魔剣によって狂暴化させられていたとか……。それが本当ならあなたも被害者ということになります。謝罪はしていただけましたし、もう遺恨《いこん》は残さないようにしましょう」

「本当に申し訳ありませんでした。阿吽の兄貴達に止めてもらわなければ街の人も傷つけていたっす。もっと強くなって、この恩をお返しいたします！」

奇跡的に死者が出ていないのには安心した。それによって、レクリアの住人や冒険者達からドレイクを受け入れてもらえるかどうかも大きく変わってくる。ここでの話合いは非公式ではあるが、ギルドマスターがいるというのが大きい。スパルズも味方につけてしまおう。

「スパルズ、これがその魔剣フラムだ。ドレイクの話では寝ているところを赤髪の男に刺されたということだが、心当たりはないか？」

「赤髪の男というだけでは、さすがに分からんな。この魔剣は預かってもいいか？　王都への報告の時に必要になりそうだ。まぁドレイクは被害者ってことで報告しとくよ。阿吽に免じてな」

「さすがスパルズだ、分かってるね」

「やめろよ。お前らは、レクリアを守るために戦地に行ってくれただけじゃなく、事態を収拾してくれたんだ。これで全部ドレイクのせいにしたんじゃ、お前らに顔向けできねぇ。あと報酬の件についてはまた後ほど話をさせてくれ。とりあえず俺達は一足先に街に戻ってるからな。お前らも戻ったら冒険者ギルドに顔を出してくれ」

スパルズはそう言うと馬にまたがり、幻想の春風とともにレクリアの街に帰っていった。

「俺達は、もう少し狩りをしてから帰ろう。実は、俺がもうすぐ進化しそうなんだ。あ、ドレイクにはまた後で俺達のこと説明するよ」

「そういうことでしたら、わたくしとドレイクだけ先にフォレノワールに帰還させていただいてよろしいでしょうか。ドレイクに諸々説明をしておきます」

「そうか。なら頼む。俺とキヌは少し狩りをしたらレクリアのギルドに寄ってから帰還する。シンク、ドレイクのこと任せるが、あんまり虐めてやんなよ？」

「承知いたしました。ドレイク、行きますよ」

「了解っす、シンクねぇさん！」

さてと、んじゃモルフィアの森でサクッとレベル上げちゃいますか！


そこから俺は、キヌと森を探索しながらビッグスコーピオンやグリフォンなどの赤の渓谷を住処にしているはずの魔物を討伐し、事後処理とレベル上げを行なった。

その結果、俺はレベル50となり無事進化ができたことでステータスが全体的に底上げされ、スキルに関しても強化された。

〈ステータス〉
【名前】百目鬼 阿吽　【種族】羅刹天《らせつてん》　【状態】──　【レベル】50　【属性】雷・闇
【HP（体力）】5300／5300【MP（魔力）】1160／1160
【STR（筋力）】120　【VIT（耐久）】55　【DEX（器用）】20

【INT（知力）】116　【AGI（敏捷）】120　【LUK（幸運）】35
【称号】迷宮の支配者II
【スキル】・鉄之胃袋・痛覚耐性・体術（Lv・3）・大食漢
・品評眼→鑑定眼：動植物の鑑定も可能。隠蔽されているステータスは鑑定不可
・迅雷→疾風迅雷：5分間STRとAGIが150%アップ 攻撃に雷属性付与（MP消費70）
・雷玉・雷鼓・空舞・涅哩底王
・雷縛檻《らいばくかん》：雷属性捕縛魔法（MP消費60）
・雷槍《らいそう》：雷属性攻撃魔法（MP消費40）
・探知《たんち》：周囲の地形や動植物を探知できる

〈装備品〉・赤鬼の金棒・秘匿のピアス・阿久良王和装一式

正直、ステータスだけで見ればSランク冒険者の中でも上位となっているだろう。というか闇属性の魔法を一切覚えないのは何かあるのだろうか……。分からん。

レクリアの街に戻ると西門に民衆が集まっており、街に入った途端盛大に感謝された。

「黒の霹靂！　街を救ってくれてありがとう！！」

「お前らは命の恩人だ！」

「ありがたや、ありがたやぁ」

「キャー！　阿吽様ぁ！　こっち向いてぇ！！」

「キ……キヌたん。ハァハァ……」

おい、最後の奴出てこい。炭にしてやる！

まぁそれは置いといて、どうやらドラゴンが西門からも見えており、さらにスパルズと【幻想の春風】が街に戻った際に、『【黒の霹靂】というパーティーが事態を収拾させた』と民衆に伝えたことで、レクリアの街で英雄のように祭り上げられたらしい。

俺の額に生えた角を見ても怖がったり嫌悪感を出している人は誰もいない。最近は服装も相まって悪目立ちしていたが、今回の件で恐怖感は全て払拭されたようだ。

集まっている民衆をギルドの職員や一部の冒険者が押し除け、道を作ってくれたお陰でなんとか冒険者ギルドまで辿り着き、そのままギルドマスターの部屋に入ると、スパルズがニヤけながら迎えてくれた。

「よう英雄、意外と時間かかったな」

「誰かさんが全部俺達の手柄にしたせいでなー。揉みくちゃにされたぞ」

「ん。ひどい目にあった」

「まぁそう言うなって。ドレイクをパーティーに入れるってんなら、これぐらいしておかないと後々面倒になるぞ？」

「そうかもしれんけどなぁ。何か裏の意図を感じるわ」

「ガッハッハ！　悪いようにはしない。あと王都アルラインとミラルダにも今回の件を報告しといたぞ！　報酬はクランの立ち上げと合わせて一週間ほど時間が欲しいそうだ。悪いが少し待ってくれ」

「分かった。なら一週間後にまた来る。あー、そうだ。蒼緑平原の中心に獣人族がプレンヌヴェルトっていう新しい村を作ってるんだ。スタンピードでニャハル村が潰されちまったからな。俺達もソコにいるから、連絡をしたいときは獣人族代表のバルバルに連絡をよこしてくれ」

「あぁ。そういえば冒険者達がそんなこと言ってたな。なら連絡したいときはプレンヌヴェルトに早馬を送ることにする」

よし、さり気なくプレンヌヴェルトのこともスパルズに伝えられたな。

「おう、んじゃまた一週間後にな」

「ちょっと待ってくれ。実はもう一つ用件があるんだ」

「ん？　まだあるのか？」

「いや実はな、レクリア領主のステッドリウス伯爵がお前らに会いたいんだと。今から領主の邸宅に行ってもらってもいいか？」

「んー、貴族ってのは苦手なんだが……行かなきゃダメなんだろ？」

「さすがにこればっかりは拒否できんな。なぁに、貴族だが冒険者に対しても理解が深い、いい方だ。礼が言いたいだけだと思うからな。顔出すだけでいい」

「分かったよ。今から向かう。伯爵邸ってのは街の中心にある一番デカい建物でいいのか？」

「あぁ。そこだ。門番に【黒の霹靂】って言えば通してもらえる」

「んじゃ行ってくるわ」


俺とキヌは、また揉みくちゃにされながら街中を移動し、なんとか伯爵邸へと到着した。

第34話　プレンヌヴェルトダンジョン解放

俺とキヌが伯爵邸に到着すると門前で執事が待っており、応接室へと案内される。そんなに待たされることもなく領主と思われる男性が部屋へと入ってきた。

「やぁ。私はレクリアの領主、ヘルバン・ステッドリウスだ。どうぞ掛けてくれたまえ」

「私達は【黒の霹靂】の阿吽とキヌです。失礼します」

そう言って促されたソファーへと腰かけた。

ステッドリウス伯爵は三十代前半で細身の体形、貴族らしい豪華な衣服に身を包んではいるものの優しそうな雰囲気を醸《かも》し出している。

「急に呼び出してすまない。命がけで今回のドラゴン騒ぎを収めてくれたことに関して、どうしても礼が言いたくてね。本当にありがとう」

「いえ、ギルドマスターからの指名依頼でしたし、レクリアの住民にも日頃からよくしていただいておりますので、冒険者として命をかけるのは当然のことです」

「フフッ、謙遜しなくてもいいよ。もともとは旅人だと聞いていたが、礼節も弁《わきま》えているようだね。それに私としても有望な冒険者とは懇意《こんい》にしておきたいのだよ。これからもレクリアをよろしく頼む」

貴族としては珍しく、亜人や獣人に対して嫌悪感を見せずに対応してくれていることにも好感を覚えた。その後は雑談を少ししたが、報酬は改めて渡すということになり、俺達はフォレノワールに帰還した。

◇　◇　◇

「阿吽様、キヌ様お帰りなさいませ」

「兄貴達！　おかえりなさいっす！」

「おう、ただいま。ドレイクへの説明は終わったのか？」

「はい。全てお伝えさせていただきました」

「兄貴達はいろいろすげぇってことが分かったっす。あと俺が想像もしなかった苦労も……。マジ尊敬っす！」

「偶然も多かったけどな。今の環境は恵まれてると思う。さて、俺はアルス達に話があるから行ってくるけど、お前らはどうする？」

「ん。阿吽に付いてく」

「俺はレクリアの街で冒険者登録をして、クエストをやってくるっす。できるだけ迷惑かけた分を返したいんで！」

「わたくしもドレイクに付き添って参ります」

「おう、んじゃ一週間は自由行動だな。何かあったら念話で連絡を入れるようにする」

「分かりました」

「了解っす！」

その後アルスとイルス、バルバルを念話で呼び、五人でダンジョンの運営について話し合った。

決定事項としては、今晩獣人村の住人が寝静まったタイミングでダンジョンの二階層への入口を出現させることと、明日の早朝から住人がパニックにならないようにバルバルや俺がコントロールすること。そして明日の朝にドレイクとシンクからレクリアの冒険者ギルドへダンジョン発見の報告を入れることだ。

もしダンジョンに詳しい人物がいたとしても、ニャハル村近くのダンジョンが消滅したことで、新たにダンジョンが出現したと見せかけるタイミングとしては問題ないだろう。

ダンジョンの構想としては、最初は浅層にレアリティー青の武器や防具を数個作成しておき、冒険者の動員率を上げる。

ただ、このダンジョンを完全に攻略させる気はない。

俺とイルスでさらに階層を増やし、今後入ってくるダンジョンポイントで十階層以上の難易度をより上げていく予定だ。〝未踏のダンジョン〟というのはそれだけで人間を引きつける魅力がある。

できるだけ人を集め、プレンヌヴェルトに冒険者ギルドや武器・防具屋、雑貨屋、酒場まで出店してもらえれば、更に人が増えダンジョンポイントも潤沢になっていくだろう。

冒険者ギルドの支部についても、機を見計らってスパルズに打診してみるつもりだ。

「こんなもんかな。キヌとアルスはフォレノワールのクランハウスを整えてくれ」

「分かったのじゃ」

「ん。分かった」

「明日から忙しくなるけど、みんな楽しんでやっていこう。こんな経験ができるのは俺達くらいだろうからな。んじゃ、解散！」

そうして各自準備を行いつつ、静かに記念すべきダンジョンの開放を行った。

◇　◇　◇

翌朝、獣人村の宿屋から外に出ると思った通りのパニックになっていた。

「阿吽様ぁ！　ダ……ダンジョンが！　村の真ん中に出現してしまいました！！」

「もうダメだ。なんて運がないんだ……。また避難しなければならないなんて……」

「せっかく安全な村ができたと思ったのに……」

「阿吽様、すぐにダンジョンを攻略して破壊してください！　お願いします！」

バルバルが必死に住民の対応をしているが、混乱が収まりきっていない。

まぁ俺が出るしかないな。とりあえず獣人達を集めて話をしよう。

俺が集まるように促すと、すぐにバルバルが動き10分ほどで村の住民が集まった。

さて、なんとか理解してもらわなきゃな。

「まず、みんな落ち着いて聞いてほしい。ここにダンジョンができたってのは、不幸なことなんかじゃない。逆に幸運なことだと俺は思う！　俺とキヌはこの世界を旅して回ってきたが、隣の国では巨大なダンジョンが街の中心にあっても、その国で一番賑わっている街が存在しているんだ。その理由としては、定期的にダンジョンの魔物を間引けばスタンピードは起こらないとされている事と、ダンジョンからは希少な品物が獲得できるからだ。この国でも前回のスタンピード以降はダンジョンが発見された場合、冒険者が定期的に間引きをする手筈にもなっているし、安全性をより高めるために冒険者ギルドに掛け合って支部を作ってもらうように要請もする。だから、この村は安全だと思ってほしい」

「ほ、本当に安全なのでしょうか……。またスタンピードが起こらないとは、言い切れないですよね？」

「まぁな。ただ、スタンピードには前兆が必ずある。そうならないように俺達も定期的にダンジョンに潜って対策は行う。安全面は俺達冒険者が担保するから安心してくれ。あと、幸運だと言ったのは、ダンジョンがあれば人がこの村に集まりやすくなるからだ。先んじてこの村で宿屋や商売を始めれば、大きな財産を手に入れることもできるし、みんなで協力すれば村を大きくすることもできる。いずれ街となるレベルにまで大きくなれば、もっと住みやすく楽しい場所になると思う。どうだろうか？」

ここでバルバルが手を上げた。

「みなさん聞いてください。私は阿吽さんの意見に賛成です。今まで獣人は、どこの街からもあまり歓迎はされない存在でした。王都に至っては未だに獣人差別が普通にありますし、一部では奴隷とされている者もいる状態です。でもこの村が大きくなって、それが獣人の力で大きくなったと知られれば、もっと住みやすい世界になると思うんです。……それに、楽しそうじゃないですか？　私達の力で街を作るんですよ？　私は阿吽さんの話を聞いてワクワクが止まりません。みなさんはどうですか？」

盛大なマッチポンプではあるが、バルバルの一言で獣人達の表情が変化してきた。

「お……俺も、やるぞ！　金持ちになるんだ！」

「そうだな！　俺達で街を作ろう！」

「私、昔から裁縫が得意で、服屋をやりたいって夢もあったの！」

「私もよ！　料理をみんなに食べてもらいたい。酒場をやってみたいわ！」

こうなるともう流れは止まらない。

最初は反対していた獣人もみんな目をキラキラさせている。これで一番心配していたことが解決しそうだ。

あとはバルバルに任せておけば問題ないだろう。

俺は村の宿屋に戻り、シンクとドレイクに念話をした。

《シンク、ドレイク聞こえるか？》
《聞こえております、阿吽様》
《兄貴、聞こえてるっすよ！　あ、俺も冒険者登録してCランクになったっす！》
《おー！　それはよかったな！　こっちはプレンヌヴェルトダンジョンの入口を昨晩開放した。最初獣人達は混乱していたが、今はもう大丈夫だ。二人は冒険者ギルドにダンジョンができたことを報告してほしい。詳しいことは俺がスパルズに話すから、何か聞かれても『分からない』って答えておいてくれ》
《了解いたしました。わたくしから伝えておきます》
《おう、頼んだ！　あと数日したらキヌと二人でレクリアに向かうから、連絡があるまではクエストをやっててくれ》
《分かりました》《了解っす！》
これで少なからずダンジョンに冒険者は来るだろう。あとはダンジョンを調整しながら様子を見るとするかな。

第35話　Sランク冒険者とクラン設立

ダンジョンを開放して五日が経過した。思っていた以上に冒険者が来てくれている。

初日に入場した三組のパーティーがそれぞれ宝箱を発見し、青レアの武器や防具を持ち帰ったのが大きいようだ。浅層はEやDランクの冒険者でもパーティーを組めば安全に探索できるレベルにしてあるのもよかった。現在は日中であれば五組くらいが常に探索している状況だ。

現在一番探索が進んでいるのはAランクパーティーの【幻想の春風】で十階層のレッドオーガを突破し一旦帰還するようだ。宝箱から青レアの弓を引き当て嬉しそうにしている。

プレンヌヴェルトのダンジョンは昨日の時点で十三階層まで作成してある。十階層を越えたあたりからC～Bランクの魔物を徘徊させてあり、十三階層は牛頭鬼と馬頭鬼が待機している。コアルームから探索の様子を見ている限り【幻想の春風】では突破は難しそうだ。まぁ、ボスの部屋からも戻ることはできるようにしてあるため、難しければ撤退するだろう。

ただ、他の街からSランクのパーティーが来ることになれば攻略されかねないため、まだまだ階層を増やし、ダンジョンポイントが貯まり次第、新たなボスも召喚予定だ。

フロアの追加作成に関しては、イルスが俺の意図を理解しているため、昨日からほぼ全て任せている。

そしてバルバルから「今朝早馬でスパルズからの手紙が来た」という報告があり、俺はキヌとレクリアの冒険者ギルドに向かうことになった。

◇　◇　◇

俺とキヌは昼頃にレクリアの冒険者ギルドに到着し、シンクやドレイクと合流後にギルドマスタールームへと通された。

「よう、待ってたぜ」

「急いできたんだ、そんな待ってないだろ。んで、用件は？　報酬は明日じゃなかったか？」

「まぁな。まぁ、その報酬が今朝届いたから呼んだんだよ。あとはダンジョンがプレンヌヴェルトにできた件だ。まずは報酬の話からしようか」

「お、報酬が決まるの早かったんだな」

「あぁ。王都の連中も急いだようでな。まず阿吽、キヌ、シンクの三人は飛び級でSランク冒険者に格上げだ。よって、自動的に【黒の霹靂】はSランクパーティーとなる。おめでとう！」

「え？　マジかよ。まだ冒険者登録して一か月も経ってないんだぞ？　大丈夫なのか？」

「正直、前代未聞だな。この記録は今後塗り替えられることはないだろう。通常どれだけ早くてもSランクになるには三年はかかると言われているからな。ただ、レクリアにSランクパーティーがいないってのも実は問題だったんだよ。本来は各街にSランクが一組以上在籍しているのがベストではあるんだ。今回みたいな突発的な事案に対応するためにな。だからこそ被害をゼロに留めた【黒の霹靂】の活躍が際立ったわけだが……」

「そうなんだな。まぁ素直に受け取っとくよ。あとドレイクはどうなる？」

「ドレイクに関しては、被害者ってことになったからお咎《とが》めはなしだ。これもドレイクが【黒の霹靂】に入ったことで、阿吽達に監督されるというのも理由の一つだ。これに関しちゃあ俺を褒めてくれてもいいんだぜ？」

「分かってるよ。正直何かしらのペナルティは覚悟してた。ちゃんと責任もって見ておく。大事な仲間だからな」

「本当に迷惑かけたっす！　レクリアのために少しでもクエストをこなします！」

「あぁ。期待してる。ドレイクとシンクはこの一週間、積極的にクエストを受けてくれていたからな。住民からも冒険者からも評判がいいんだ」

「へぇ。頑張ってたんだな！　あ、そういえばクランはどうなった？」

「クランの申請もちゃんと通ったぞ。まずはクランについての説明をしようか」

クランについての大まかなことは知ってはいたが、実際に加入したり立ち上げたのは初めてだ。

スパルズからの説明を要約すると次のようになる。

まずクランを設立すると、パーティー単体では受けることの出来ない大規模な討伐クエストなどを受けることもでき、国やギルドからの信頼度が高くなれば、そのクランに対しての指名依頼という形で依頼もされるようになる。それに、バルバルのような戦闘が苦手な者も、戦闘を行うパーティーの補助や書類などの事務作業に加え、クランの管理運営なども行う必要があるため、冒険者登録をしていなくてもクランには加入することができる。

要するに、クランとは戦闘等を行うソロ冒険者やパーティーの集合体というだけでなく、非戦闘員も含めたクラン員全員が得意分野で活躍し、助け合い、互いを補い合う共同体だ。さらに、クランハウスを持ち共同生活をすることも多く、〝家族〟のような繋がりを持つ側面もある。

もちろん所属しているクラン員が悪行を行えばそのクランの信用は大きく損なわれ、当人だけでなく所属クランとしても責任を負う必要がでてくる。

国から半年に一度活動資金の援助があり、援助額はクランの信頼度や序列によって査定され、変動する。その代わり、国からクランへの指名依頼に関しては、基本的に断ることができない。

「と、まぁこんな感じだな。有名クランになると、それだけで所属したがる奴らも増えるからな。今から加入メンバーは慎重に選ぶことだ」

「いろいろあるんだな……よし、理解した」

「あと阿吽達がクランを設立したことで報酬っていうか付帯《ふたい》してくることもあるんだが……まずはクラン名を教えてくれ」

「そうだな。クラン名は【星覇《せいは》】だ」

「ほぉ。阿吽が考えたのか？」

「いや、これは仲間のみんなで考えたんだ。最高のクラン名だろ？」

「そうだな。派手で豪胆、それでいて響きもいい。その名に見合うクランとなることを期待してるぞ」

「おう！　んで、付帯してくることってなんだ？」

「それはな、二か月後に王都で〝クラン対抗の武闘大会〟が行われるんだが、知っているか？」

「あぁ。噂には聞いたことがある。この王国内に拠点があるクランの順位、序列を決める大会だろ？」

「そうだ。通称、〝序列戦〟とも言うな。通常は創立二年目以降のクランが参加対象になるんだが、お前らの強さを見てみたいと上からの御達しでな。特別に参加する権利が与えられた」

「面白そうだな。他国のクランは参加しないんだっけか？」

「そうだな。アルト王国内の序列を決める大会だ。優勝すれば『アルト王国クラン序列一位』となるわけだ。しかし、そんな簡単に優勝できる大会ではないぞ？　王都だけでも30以上のクランがある。王国内全部合わせると50は下らないはずだ。中にはSランクのパーティーを複数抱えているクランも存在するからな。でもまぁ、お前らがどこまでやれるか正直俺は楽しみだ」

「出るからには優勝してきてやんよ。まぁそうなると二か月間は準備と移動で終わりそうだな」

「移動費は出ないからな。ちゃんと稼いで貯めておけよ？　それと、最後にもう一つ報酬があるんだ。多分お前が一番喜ぶだろう報酬がな」

そう言ってスパルズはニヤっと笑みを浮かべた。

第36話　白鵺丸《しらぬえまる》

俺が喜ぶ報酬？　なんだろう、自分でも分からん……。まぁ貰えるなら何でも嬉しいけどな！

「これはステッドリウス伯爵とレクリア冒険者ギルドからの報酬だ。金にしようかとも思ったんだが、こっちのほうが喜びそうだったからな。俺やステッドリウス伯爵のコネを最大限使って仕入れてやった。感謝しろよ？」

そう言ってスパルズはマジックバッグから一振りの刀を取り出した。

「これは！！　マジか！！　もらっていいのか！？」

「ガッハッハ！　やはり目の色が変わったな！　お前の子供っぽいところ初めて見たぞ。喜んでくれてよかった」

「ありがとう！　大切に使う！」

そう言ってスパルズから刀を受け取り鑑定してみると、

《白鵺丸《しらぬえまる》：攻撃力20、装備者の魔力を通すとその属性に応じた追加属性ダメージを与える。和の国の名匠『二代目國光《くにみつ》』が制作した一振り》

「ちょ……とんでもねぇ武器じゃねぇか！！」

「お？　阿吽、お前鑑定できるのか？　これはレアリティー赤で所謂《いわゆる》、魔刀《まとう》の部類に入る太刀だ。太刀は使い手が少ないが、お前の服装からして扱えるんじゃねぇかと思ってな」

「ガキの頃に少しだけ使ったことがある程度だが……必ず使いこなしてみせるよ！」

「そんなに喜んでもらえると、苦労して用意した甲斐があるな。まぁ、これからもレクリアを頼むって意味もあるからな？」

「おう！　あ、そういえばプレンヌヴェルトにダンジョンが出現した件ってのは？」

「その件については、内密なお願いもある……。驚くかもしれねぇが、聞いてくれ」

「分かった。とりあえず内容を教えてくれ」

「実はな、ダンジョンというのは攻略後に破壊することが可能なんだ。先日スタンピードが起きたろ？　あれはミラルダのSランクパーティー【銀砂の風】がコアを破壊したことで、ダンジョンが消滅したんだ」

「そうだったんだな。それで？」

「ダンジョンを攻略しても、コアを破壊しないでほしい……」

「……その意図は？」

「ダンジョンってのは、適切に管理すれば大きな利益を生むことができる。現にこの一週間で四つのパーティーがレアリティー青の武具を獲得し、戦力を伸ばしている。さらに、積極的なダンジョン攻略を行うためにいろんな街から冒険者が集まってくる。そうなれば、その近くにある街も潤ってくるわけだ……」

「そうだろうな。人が集まれば金が動く」

「その通りだ。それでな、蒼緑平原はレクリアの管轄区域なんだ。冒険者ギルドのプレンヌヴェルト支部をレクリア直轄で出すことも決まった。今後レクリアの街だけでなく、獣人村を発展させるためにもこのダンジョンは必要不可欠になる。だが、コアを破壊されたらこの計画もパァだ。そこで、ダンジョンを破壊しないでほしいってお願いになる。これはAランク以上のパーティーにしか伝えていない事案だ。他言も無用で頼む」

これに関しては、俺達にとって最高の結果となっている。正直ここまで上手くことが運ぶとは思ってもみなかった。そのため少し唖然としてしまったが、スパルズは違う意味で捉えてくれたようだ。

「ちゃんと住民に危険がないよう最大限配慮はする！　獣人達を守りたい気持ちも分かる。だが……頼む……」

「分かった……。スパルズにはいろいろ世話になってるしな。それにスタンピードが起きなければ危険はそれほどないと思う。だから、冒険者ギルドの支部を早急に作って対応してくれるなら、俺達はスパルズの意を汲もう」

「そうか！　助かる！　支部はすぐにでも建設予定だから安心してくれ！」

「おう、よろしくな。んじゃ俺達は少しモルフィアの森で狩りをしてからプレンヌヴェルトに戻るとするよ。シンクとドレイクはどうする？」

「俺は、できるだけクエストをこなしたいっす。俺だけCランクでカッコが付かないってのもあるんっすけど、まだレクリアに迷惑をかけた分の借りを返せてないっすから」

「わたくしもドレイクに付き添っています。監督も必要ですし」

「分かった。んじゃ二人はレクリアで引き続きクエストを受けてくれ。俺とキヌは少し狩りをしてからプレンヌヴェルトに戻ってる」

「了解いたしました」


それから俺は太刀の感触を試すために、キヌとモルフィアの森で少し狩りをしたのだが……白鵺丸の切れ味に驚愕した。

魔力を通して切ってみたら、ビッグスコーピオンの硬い外骨格が果実みたいにスパっと切れてしまったのだ。俺もキヌも唖然とし過ぎて、後ろからレッドグリズリーに体当たりをされるぐらいには呆けていた。その後レッドグリズリーも一太刀で首と身体がお別れしていたが……。本当にすごい武器を貰ってしまった。


満足したところで迷宮帰還でフォレノワールに帰還し、アルスとキヌとともにフォレノワールの改築を行なった。

次の目標は二か月後に行われるクラン対抗の武闘大会だ。余裕をもって移動する事を考えても一か月以上時間的余裕がある。それまでにできるだけ全員がレベルを上げられるようにクエストを行いつつ、ダンジョンの改造を行っていくとしよう！

第37話　強さとプライド　～ドレイク視点～

二か月前、竜人族の次期里長を決める闘いの決勝戦で、俺は兄のファーヴニルと闘った。

「がはっ！　クソっ……なんで力が出ねぇんだよ……」

「どうしたドレイク、お前の力はそんなもんじゃないはずだろ」

「てめぇ……何か仕込みやがったな……」

「私はそんなことはしていない。それはお前が未熟だからなのではないか？」

「くっ……」

「……そこまで。ファーヴニルの勝利だ」

こんな勝負のつき方ってねぇだろ……。普段だったらもっとやれるのに……！　俺はまだまだこんなもんじゃねぇ！

「親父……なぜか力が出ないんだ！　明日！　もう一回試合させてくれ！」

試合は序盤、互角の勝負を行えていた。しかし10分ほど経った時から俺の身体に違和感が生まれ始め、後半は防戦一方となってしまった。今まで身体がこんなふうになったことはない。兄の攻撃で致命的なものを食らったわけでもない。

「里長を決める重要な試合に、やり直しなど行わぬ！！　力が出ないのはお前が未熟者だからだ！　精進が足らぬのだ！！」

「くそっ……」

俺も試合のやり直しができるなんて本当は思っちゃいない。

竜人族は、たとえどんな状況でも勝たなければならない。力がなければこの里を治めることはできない。そんなことは知っている。

次期里長なんか正直なりたいとは思わない。ただ、自分の全力を出せずに終わるのは、許せなかった。

それに俺は、尊敬する親父に……俺の強さを認めてもらいたかった。

「ファヴ兄！　もう一回だ！！　まだ俺は戦える！！」

「勝負はついたと言っておる！　……取り押さえろ」

「ガァァァァ！！　離せ！　俺はまだやれる！！　俺はこんなもんじゃねぇ！！」

それから俺は大暴れをした。やはり全力は出せなかったが、少しでも里のみんなに、兄に、親父に俺の実力はもっと出せるということを知ってほしかった。

夢中で暴れていたからか、その先のことは曖昧だが、気付いた時には取り押さえられて檻に入れられていた。〝神聖な試合にケチをつけて暴れまわった〟。それがどれだけ竜人族の中で重罪か、知らないはずもない。


「ドレイク、お前をこの里から……追放する」

「つ、追放……」

殺されると思っていた。親父からの情けなのだろうか……。

真意は分からないが、その時の俺はプライドが勝ってしまった。

別れの挨拶くらい、もっとあったはずなのに……。

「ッチ、こんな所、俺のほうから出ていってやるよ！」

その後、自分の不甲斐なさや、後悔の念が抑えられず、赤の渓谷でもドラゴンの姿で暴れ回った。

今思えば考えなしの行動だった。でも、その時は何かに気持ちをぶつけなければ、自分が壊れてしまいそうだったんだ。

そして数日暴れると、さすがに疲れてドラゴンの姿のまま眠ってしまった。


……何者かが背中に乗った感覚がした。

「……ほう、ドラゴンか。コイツを試すにはちょうどよさそうだ」

――ザクッ

「ギュォアァァァァ！！！」

なんだこれは！　背中が熱い！　誰だコイツ……赤い髪の男……。

『血ガ足リナイ……血ヲ！！　吸ワセロォォォ！！！』

突然、頭の中に俺のモノではない思考が混ざりこんできた。

なんだ？　何が起こった！？　クソ、負けてたまるかよ！


それからどれくらい耐えただろうか。

必死に抗い続けたが、徐々に身体の自由を奪われだした。

いつの間にか周囲に赤髪の姿はない。アイツはいったい誰なんだ……？　いや、そんなことよりもこの身体をなんとかしないと！

無我夢中で抵抗を続けたが、身体は森の木々をなぎ倒し、何人かの冒険者を風魔法で吹き飛ばしていた。その後、どれだけの時間抵抗できていたかは分からない。しかし、ついに体の自由を奪われ、身体はドラゴンのまま空に舞い上がる。そして、視界には大きな街が見えだした。

『ギャーッハッハハ！！　ニンゲンだァ！！　血ダぁぁアア！！！』


まずい。このままでは俺があの街を壊滅させちまう。嫌だ、そんなことしたくない！　怖い、苦しい……だが、もう抵抗できない。……意識も……誰でもいい。止めて、くれ……

次に意識が戻った時には、俺は地面に墜落していた。

何があった？　誰かが止めてくれたのか……？

ダメだ。ぼんやりとしか分からない。ただ、誰かが俺を攻撃しているのは分かる。

バチバチと放電音を鳴らしながら俺を殴りつけ、殴られるたびに身体が痺れ、体力が目減りしていく。こんな強い奴が、里の外にいたなんて知らなかった。

他の二人も魔法や防御力が凄まじい。しかも連携がしっかりできていて攻撃を的確に捌かれる。

コイツら、めちゃくちゃ強い……。それに、信頼し合っている。

……羨ましいな。

だめだ、もう意識が……。

◇◇◇

「ぐ……グフッ、ここは……」

「よう、起きたか？　お前はあの黒いドラゴンで間違いないのか？」

「っ、貴様！　何者だ！　俺様を誰だと思ってンゲフゥ！！」

「阿吽様に向かって……貴様とは……クソガキが。今からでも叩き潰してやろうか」

え？　誰？　マジで誰！？　なんで蹴られた！？

……そうか、俺は暴走して……

コイツらが止めてくれたのか。

◇　◇　◇

その後、俺は阿吽の兄貴と従属契約をし、フォレノワールというダンジョンでシンクねぇさんにいろいろと話を聞いた。

なぜダンジョンに転移できるのか、ここがどういう場所なのか、アルスとイルスのことや俺達従属者ができること。

それだけでなく、兄貴達がどんな大変な道のりを歩き、今の環境を手に入れたのか。兄貴の強さ、キヌねぇさんの優しさ。

それに、話をしてくれているシンクねぇさんの優しさも分かってきた。実は怖い人じゃない。俺のことを考え、言葉を選んで分かりやすく話をしてくれている。

それだけでなく、この数週間できるだけ俺を一人にしないように、傍にいてくれた。

俺は……なんて運がいいんだろう。

こんなにも優しくて、俺のことを大切にしてくれる人達に囲まれて……。

これから俺は、この人達のために生きていこう。

俺の守れる範囲を広げていこう。

仲間のために強くなろう。

この気持ちを……忘れないようにしよう。


竜人族の里にいた時の俺のプライドは、ちっぽけなものだったと今なら言える。自分の強さを他人に見せつけたい、知らしめたいだけだった。

でも、この人達に出会って分かった。

強さとは、誇り《プライド》とは、仲間を大切にするためにあるのだと。

今の俺の誇りは……この仲間達だ！

第4章

序列戦出場してみた

第38話　出発前夜

この一か月半、プレンヌヴェルトの獣人村には宿屋、酒場、武器防具屋、雑貨屋、冒険者ギルドの支部ができ、レクリア以外の街からも冒険者や商人が集まってきだした。

それに伴い、獣人だけでなく人間も住み始めたが、今のところ大きなトラブルはなく、村の運営は順調に進んでいる。

ダンジョンに関しても冒険者達が大量にダンジョンに潜ったため、ダンジョンポイントを大幅に増やすことができ、二十五階層まで作成を完了した。

新たにヒュドラというSランクのボスを召喚したおかげで、牛頭鬼・馬頭鬼コンビをなんとか突破したSランクパーティー【銀砂の風】でも危険だと判断されたため、しばらく攻略される心配はなさそうだ。

プレンヌヴェルトダンジョンは危険なフロアの前後に帰還用の転移魔法陣を設置してあり、帰路の心配をせず攻略ができるのも冒険者を集める一つの要因となっているようだ。

【黒の霹靂】の面々は、それぞれがアルト王国のクラン序列戦に向けて準備をしていたが、俺に関してはダンジョン運営や獣人村の拡張をしていたこともあり、レベルは1しか上がっておらず、太刀での戦い方を試行錯誤した程度だ。

ただ、キヌ、シンク、ドレイクの三人は積極的にクエストを受け、大幅にレベルを上げていた。まずドレイクは、三人での活動だけでなく、ソロでもクエストをこなし、冒険者ランクがAまで上がった。レベルも49と大きく上がってはいるもののステータスの変化のみであり、スキルの獲得はなかった。しかし人型での戦い方を模索し、飛行を中心とした戦闘方法で一方的に地上の敵を蹂躙する戦闘スタイルを身につけたようだ。

次にシンクはレベル50となり進化をしたのだが、なんと【般若姫《はんにゃひめ》】という鬼人系統進化をし、額に角が生えていた。

ステータスは攻撃力と防御力に秀でており、スキルも防御系がさらに伸びただけでなく、中距離魔法も覚えた。三人での戦闘の際はタンクとしての役割を全うしていたらしいが、今後の成長次第で大きく化けるポテンシャルを秘めている。

最後にキヌもレベルが50になり、進化して種族が【金狐《きんこ》】となった。ステータス向上やスキルの変化、獲得も多く、さらに魔法の火力が伸びている。

しかし驚くべきは、戦い方を大きく変えていたことだ。今までは固定砲台として遠距離からの高火力魔法攻撃が主だったのが、今では動きながらの魔法攻撃、さらにフレイムブレードという近接魔法を獲得したことにより、接近戦も得意になっている。

いよいよ明日は王都アルラインに向け出発する日だ。出発すれば一か月ぐらい帰ってこないため、今晩はバルバル、アルス、イルスも含め、みんなで食事をしながら俺が不在の間のことを打ち合わせることになった。

「いよいよ明日出発ですね！　村の事は私と補佐官でなんとかできそうなので、気にせず頑張ってきてください！」

「おう！　バルバルがいれば村のほうは問題なさそうだな。何かあったら念話で連絡してくれ。ダンジョンに関してはアルスとイルスに全部任せたぞ」

「分かったのじゃ」

「了解でござるよ」

「あと、ダンジョンの機能で試してみたいこともあるんだ。ちょっと時間がかかりそうだから帰ってきてからにするけど、楽しみにしててくれ」

「また突飛なことをやりそうな気がするのじゃが、今までそれで成功しておるからのぉ。楽しみに待っているのじゃ」

「ダンジョンポイントはできるだけ貯めておくようにするでござる！」

「頼んだ。あとは、序列戦についてだな！　って言っても、まだ今年のルールが発表されてないから対策のしようもないんだよなぁ。ミラルダで装備を整えたりしようとは考えてるが……」

「おほんっ！　それに関しては、わらわとイルス、バルバルから四人に渡したいものがあるのじゃ」

「ん？　渡したいもの？」

「そうです！　戦いに行くのですから、装備を少しでもいいものにと思いまして、用意させていただきました！　まずはドレイク君とシンクさんには、阿吽さんやキヌさんと揃いの和装というものです。好みが分からなかったので、できるだけイメージに合うもので機動性と防御力を備えたものを用意しておきました」

「いいんっすか！　実は憧れてたんっす！　ありがとうございます！」

「あ……阿吽様と、キヌ様と……お揃いっ！　身に余る光栄です！」

《龍雅《りゅうが》和装一式：防御力15　和の国に伝わる伝説の生物『龍』をモチーフに作製された一品》

《冥土服《めいどふく》：防御力15　和の国で死の淵に現れる女性『死神』をイメージして作製された一品》

「おー！　四人で揃いだとめちゃくちゃ目立ちそうだな！」

「次はキヌにじゃ。戦闘方法を変えたと聞いたが、武器を持っておらんかったじゃろ？　取り回しやすく、攻撃力も高めな双剣《そうけん》を用意しておいたのじゃ！　使い方は自分で工夫するのじゃぞ？」

《双剣ミズチ：攻撃力6　非常に軽く、扱いやすい。連撃に特化した双剣》

「嬉しい。ありがとう……。使いこなせるように練習する」

「最後は阿吽にでござるよ！　正直一番悩んだでござるが……この指輪にしたでござる。鑑定してみるでござるよ」

《耐魔《たいま》の指輪：外部からの睡眠・毒・麻痺・混乱の状態異常を無効化する指輪》

「っと！？　マジかこれ！　今の俺に一番必要な物じゃねぇか！　ありがとな、大事にする！」

「みなさんに喜んでもらえてよかったです！」

「うむ！　では明日は出発じゃ！　みんな遅ぅならんように、ちゃんと休むのじゃよ？」

「そうだな！　旅の予定は歩きながら説明するとして、今日はゆっくり休もうか」

気の知れた仲間達との食事や会話は心地良いものだが、明日からの長旅に備えて夕食会は一時間程度でお開きとなった。

〈ステータス〉
【名前】百目鬼 阿吽　【種族】羅刹天　【状態】―　【レベル】51　【属性】雷・闇
【HP（体力）】5300／5300　【MP（魔力）】1160／1160
【STR（筋力）】120　【VIT（耐久）】55　【DEX（器用）】20
【INT（知力）】119　【AGI（敏捷）】120　【LUK（幸運）】35
【称号】迷宮の支配者Ⅱ

【スキル】・鉄之胃袋・痛覚耐性・体術（Lv・3）・大食漢・鑑定眼・疾風迅雷・雷玉・雷鼓
・空舞・涅哩底王・雷縛檻・雷槍・探知

〈装備品〉・白鵺丸・赤鬼の金棒・秘匿のピアス・耐魔の指輪・阿久良王和装一式

〈ステータス〉
【名前】絹　【種族】金狐　【状態】―　【レベル】50　【属性】火・光
【HP（体力）】5000／5000　【MP（魔力）】1400／1400
【STR（筋力）】20　【VIT（耐久）】62　【DEX（器用）】20
【INT（知力）】140　【AGI（敏捷）】72　【LUK（幸運）】13
【称号】従属者
【スキル】・ヒーリング
・聡明→光焔万丈《こうえんばんじょう》（変化）：5分間INTとAGIが150％アップ 攻撃に火属性付与（MP消費70）
・フレイムランス・ファイヤーウォール→フレイムウォール（変化）：威力向上・効果範囲拡大（MP消費60）
・ファイヤーストーム→フレイムストーム（変化）：威力向上・効果範囲拡大（MP

消費60）
・フレイムバースト・フレイムブレイド：火属性近接魔法攻撃（MP消費40）
・狐火・人化・キュア・危険察知
・心理眼《しんりがん》：相手の大まかな感情を読み取る事ができる

〈装備品〉・双剣ミズチ・隠蔽の指輪・浴衣ドレス（絢）・花柄下駄

〈ステータス〉
【名前】深紅　【種族】般若姫　【状態】—　【レベル】50　【属性】地・水
【HP（体力）】8000／8000　【MP（魔力）】550／550
【STR（筋力）】73　【VIT（耐久）】120　【DEX（器用）】38
【INT（知力）】55　【AGI（敏捷）】22　【LUK（幸運）】10
【称号】従属者
【スキル】・堅牢→勇猛果敢《ゆうもうかかん》（変化）：5分間STRとVITが150％アップ 攻撃に地属性付与（MP消費70）
・ガードインパクト・アースウォール→アイアンウォール（変化）：地属性防御魔法（MP消費60）
・アースバレット→アイアンバレット（変化）：地属性攻撃魔法（MP消費40）

・アースバインド：地面に振動を与え範囲内地上にいる全員の動きを封じる（ＭＰ消費80）
・ウォーターボール：水属性攻撃魔法（ＭＰ消費20）
・ウォーターウィップ：水属性攻撃魔法（ＭＰ消費20）
・人化・他種族言語理解・挑発・調理

〈装備品〉・ハルバード・隠蔽のネックレス・オークガードの大盾・冥土服
・レースアップロングブーツ（黒）

〈ステータス〉
【名前】ドレイク・ベレスティ　【種族】竜人族　【状態】―　【レベル】49　【属性】風
【ＨＰ（体力）】４６００／４６００　【ＭＰ（魔力）】４００／４００
【ＳＴＲ（筋力）】84　【ＶＩＴ（耐久）】62　【ＤＥＸ（器用）】46
【ＩＮＴ（知力）】48　【ＡＧＩ（敏捷）】63　【ＬＵＫ（幸運）】10
【称号】従属者
【スキル】・装風・ウィンドプレッシャー・ウィンドカッター・サイクロン・竜化・飛行
・剣技（Ｌｖ・３）

〈装備品〉・シルバーロングソード・隠蔽のネックレス・龍雅和装一式・竜人族のブーツ

第39話　ドレイクの相談事

翌朝、まだ日が昇っていない早朝に俺達四人はプレンヌヴェルトの獣人村を出発することにした。

理由は出発に際して住民が殺到してしまうのを避けるためである。ありがたいことに【黒の霹靂】はレクリアでもプレンヌヴェルトでもかなり人気のあるパーティーとなっていた。

もともとスタンピードやドラゴン騒ぎである程度有名になっていたのだが、領主のステッドリウス伯爵がSランクへの昇格を街の住民に大々的に発表したことで、さらに人気が爆発したようだ。

今見送りに来ているのは、早朝に出発することを知っているバルバルだけである。

「さて、んじゃぁそろそろ出発するか」

「いってらっしゃい！　絶対優勝してきてくださいね！」

「おう！　なんかあったら念話で連絡してくれ」

今回の旅は徒歩での移動だ。プレンヌヴェルトからミラルダへは歩いて半日程度の距離なので、昼過ぎにはミラルダに到着できるだろう。

ミラルダでは数日かけて武器・防具やアイテムを見て回り、目的地である王都アルラインまでは一晩か二晩の野営を行いながら向かって、大会開始の数日前には到着している予定だ。

道中襲ってきた蒼緑平原の魔物を片手間に狩りながら旅の予定や欲しいアイテムなどを話し合っていると、予想通り昼頃にミラルダに到着した。

ミラルダは商業都市ということもあり行商人や冒険者、一般人が非常に多く出入りする街だ。

街は大きな防御壁に囲まれており、入るためには門での身分証明が必要となる。

俺達の場合は冒険者カードが身分証明となるが、Sランクであっても非常事態を除き街に入る長い行列に並ばなければならない。

前後に並んでいた行商人と二時間ほど話をしていると、やっと俺達の順番になった。

「身分証を出してください」

「はいよ。これが四人分の冒険者カードだ」

「Sランク冒険者の方々でしたか！　どうぞお通りください！」

「おう、ご苦労さん。あ、宿屋ってどのあたりにあるんだ？」

「それでしたら、街の西側に行っていただくと冒険者ギルドの近くに宿屋と酒場が固まったエリアがございます！　オススメは『踊る道化亭』ですね！　料理も美味しく綺麗な宿屋ですよ」

「お！　んじゃぁソコにするよ。ありがとな！」

門を抜けると大通りになっており、噴水広場を中心に東西南北に道が続いている。噴水広場の周りには屋台が並び、活気に溢れていた。

門兵に教えてもらった西区画へと歩いていくと、冒険者ギルドと宿屋が立ち並んでいた。俺達は教えてもらった『踊る道化亭』へ行き部屋を取ろうとしたのだが……。

「申し訳ありません。現在二部屋しか空いておらず……それでもよろしければ是非ご利用していただきたいのですが」

「二部屋か。どうする？　男女で部屋割りすればいいと思うが」

「ん。シンクといろいろお話しできるのも楽しそう」

「兄貴と一緒の部屋っすか！　是非お願いしたいっす！」

「わたくしもキヌ様との一緒の部屋に泊まれるなんて、最高の喜びでございます。キヌ様がよろしければ是非」

「よし、なら二部屋で二泊分頼む。食事は今日の夕食のみつけてくれ」

「はい！　ありがとうございます！　食事はミラルダでも評判ですので、ご期待ください！」

そこから男女で分かれて部屋に案内された。今日は夕食までの時間は自由時間とし、キヌとシンクは街を散策しに行くようだ。俺とドレイクは、部屋で椅子に腰かけて話をしている。というのもドレイクから相談があると言われたからだ。

「兄貴、実はさっきレベル50に上がったんですが、ステータスが思ったより伸びていないんっす。戦闘方法もこの一か月いろいろ模索してきましたが、なんかしっくりこないっていうか……。それに俺は竜人族ですので進化はしないいんです。強くなるためにどうすればいいか分からなくて」

「ん？　そうなのか？　ドレイク以外の三人はもともと魔物だからな。進化で大幅に強くなるし、何より魔物のほうが同じレベルでも人族よりステータスは高い。そう考えると人族の中ではドレイクはかなり強い部類に入ると思うが……」

「そうかもしれません。でも、俺の目標は兄貴なんです。相談に乗ってもらえませんか？」

「それは勿論いいぞ。んー、ってか戦い方かぁ……。最近は飛行主体で戦ってるんだよな？」

「そうっすね。でも魔法の威力はキヌねぇさんのほうが圧倒的に高いですし多彩です。かといって最前線に出てもシンクねぇさんのヘイト管理の邪魔になっちゃいそうで……。それに兄貴がアタッカーとしても優秀過ぎるので俺の役割が決めきれないんっす」

「あー、そういうことか。パーティーのバランスを考えてくれてたんだな！　んじゃぁ、俺が思うドレイクの戦い方でいいなら伝えられるぞ」

「是非お願いします！　もう自分では分からないんっす！」

「分かった。そもそもなんだが、俺はドレイクがゴリゴリのアタッカータイプだと思ってる。魔法も使い勝手がいいし耐久値も俺より高い。ある程度の被弾覚悟で攻撃ができるから、実は俺よりも継続的なダメージを与えられるポテンシャルを持ってる。強敵と戦うことを想定するなら、この継続的な火力はパーティー全体を円滑に回すための必要な要素だ。シンクに遠慮しているかもしれないが、シンクは挑発で敵の注意《ヘイト》を引きつけられるんだし気にする必要はないぞ」

ドラゴン状態のドレイクとの戦い以降に強敵とは出会ってはいないが、ドレイクもチームで強敵と戦うことを想定していたというのは正直嬉しかった。それに近距離でも中距離でも継続してダメージを与えられるドレイクがいること自体がパーティーの安定性を上げられるはずだ。

「そ、そうなんっすね。俺以外の三人ですでに完成されたバランスに見えたんで、火力不足ってのは全く思っていなかったっす」

「継続的な火力があるに越したことはないからな。戦闘を短時間で終わらせられるのは、安全管理としても重要なところだし、敵に反撃する暇を与えなければ必然的にキヌやシンクの負担も減る。そこでだ！　ドレイク、この武器を使ってみないか？」

そう言って俺はマジックバッグから『赤鬼の金棒』を取り出す。

今まで愛用していた武器だが、今後太刀をメインで使っていこうと考えている俺は、使う機会が減るだろう。せっかくの赤武器だしドレイクの筋力を考えると近接して戦う時はロングソードで斬るより金棒で思いっきりぶっ叩く方が火力も出るはずだ。それに打撃武器という事もあって相手を怯ませる効果や、武器の破壊効果もドレイクとは相性がよさそうだ。

「えぇ！？　いいんっすか！？　これは兄貴が愛用していた武器じゃ……」

「いいんだよ！　多分俺が使うよりドレイクが使ったほうが使いこなせそうだしな！　ってか、使いこなしてみせろ」

「……了解っす！　ありがとうございました！　モヤモヤしてたのが晴れたっす！」

そう言ってドレイクは俺から赤鬼の金棒を受け取った。

これが後に【破壊帝《はかいてぃ》ドレイク】と呼ばれる男の誕生の瞬間であった。

第40話　商業都市ミラルダの噂

ドレイクと話し込んでいたら、いつの間にか夕飯の時間になっていた。部屋のドアがノックされキヌとシンクの声が聞こえる。

俺とドレイクはすぐに部屋を出て女性陣と合流し、一階にある酒場へと降りていった。

食事はサラダ、グレイトボアのロースト、ヒートマッシュルームとオニオンのスープ、デザートとシンプルなものであったが、門兵の言う通りどれも絶品だった。

食事をしていると、近くの席に座って飲んでいる冒険者の会話が耳に入ってきた。

「それ本当の話かよ。まだ正体つかめないいんだろ？」

「本当だって！　街中で噂になってるぜ？　明日なんじゃねぇかってな」

明日？　噂？　何の話だろうか。

「キヌ、シンク、街に出たとき何か噂があったか？」

「いえ、初めての街でしたので……」

「ん。なんの話なのか全然分からない」

「んー、そうか。こういう時は直接聞くしかないんだけど、俺は初対面相手に話を聞きに行くのあんまり得意じゃないんだよな……」

「兄貴、それなら俺聞いてきましょうか？　一杯酒を奢るって話になりますがいいっすかね？」

「それは問題ないけど、ドレイク大丈夫なのか？」

「多分大丈夫っすよ！　行ってきますね！」

そう言ってドレイクは席を離れ、冒険者達のテーブルに近付いていくと数分で輪の中に溶け込んでいる。

「あいつ、すげぇな……」

「ん。レクリアでも他の冒険者達と一番仲良くしてた」

「マジか。才能ってやつなんだろうな」


10分ほどでドレイクは俺達の席へと戻ってきた。

「兄貴、分かったっすよ！　どうも先週あたりから奴隷商のアジトを襲撃して、奴隷を解放して回ってるヤツがいるそうっす。ただ、誰も姿を見たことがなくて、襲撃された奴隷商達は全員気絶させられてたっていう話っすね」

「奴隷商か、ミラルダにもあるんだな。ってか誰にも姿を見られてないってどんな凄腕なんだよ……。んで、明日ってのはなんなんだ？」

「この街には三つの奴隷商があるらしいんっすけど、まだ襲撃を受けてない奴隷商を襲撃するのが明日の夜なんじゃないかって話っすね！　あと、そいつ犯罪奴隷だけは助けてないそうで、あくまで攫《さら》われてきたエルフやドワーフなんかの亜人や獣人だけを助けてるから、一部では英雄扱いされてるみたいっす！」

「そうなんだな。ドレイク、情報収集ありがとな！」

「全然。これくらいのことならいつでも言ってください！」

「おう！　頼りにしてるぜ。あと、みんなメシ食い終わったらちょっと俺達の部屋に集まってもらっていいか？　気になることがあるんで、みんなの意見を聞いておきたい」

「ん。分かった」

「分かりました」

「了解っす！」


その後、食事を終えた俺達は宿屋の部屋へ集まり話を再開した。

「まず、この国では奴隷の売買は禁止されていない。だが、それは犯罪奴隷に限った事だ。さっきの話を聞く限りでは犯罪奴隷以外の闇営業を行なっているってことになるんだが、これをこの街を治める貴族が知らないわけがない。そうなると、貴族に裏金が渡っていると考えていいだろう」

さらにそれが街中で噂になるレベルなのであれば、貴族が奴隷商の闇営業を見逃している可能性が高い。一応確認は必要だが、それはすぐにでもできるだろう。

「んで、だ。みんなに確認したいことは二つだ」

「阿吽。多分確認する必要ない。全員阿吽と一緒の気持ち」

「そうですね。以前も申しましたが、わたくしに確認や了承は必要ありません」

「俺もっすね！　兄貴が言いたいこと、もう分かってますし」

三人が口を揃えて言う。

正直驚いたが……俺は本当に幸せ者のようだ。

「そっか。んじゃあ俺の気持ちをみんなに伝えるだけでいいな……。正直、誘拐して何の罪もねぇ奴らを奴隷にする奴隷商に対しても、それを容認する貴族に対しても〝胸糞悪ぃ〟って感情以外出てこねぇ。街中の奴らが見て見ぬふりをしてる中で、独りでそれに立ち向かってる奴がいるってことに胸が熱くなった。どんな理由があるのかは知らないが……俺は、そいつや解放された奴隷を助けたい」

「ん。阿吽は、困ってる人を見過ごせない」

「さすが兄貴っす！」

「なんなりとお申しつけください。完璧にこなして参ります」

「それで阿吽、作戦どうするの？」

「そうだな……まずは今晩、正確な情報を収集しよう。それと、多分難しいと思うが奴隷を解放してるやつと接触できたらしておきたい。無理なら明日陰からサポートすることになる。ただ、気になってるのは、奴隷商もこの情報を掴んでいるだろうということと、解放された奴隷達がどこにいるのかだ……」

そこでシンクが手を上げた。

「解放された奴隷の居場所については、わたくしが探して参ります」

「じゃあ私もシンクと別の場所を探す」

「分かった。二人とも無理はすんなよ？　となると、後は俺とドレイクだが……俺は奴隷商に行って本当に闇営業をしているのか探ってくる」

「じゃあ俺は解放して回っている奴を空から探してみるっすよ！　もし分かったら念話で伝えるっす！」

「よし、じゃあ今から動くぞ」

役割分担が決まると、三人はすぐに部屋から出て行った。

さて、俺も目立たないようにアルスに貰った冒険者用の装備一式に着替えて、潰されてない奴隷商の場所を聞き込みに行くか。

第41話　演技派の立ち回り

奴隷商の場所はすぐに分かった。注意深く聞けば街のそこかしこで噂になっているため、話していた冒険者らしき男に少し金を渡したらすぐに教えてくれた。

場所は北区の裏路地に入った所にあるようだ。北区といえば貴族や大商人などの屋敷が立ち並んでいるところだったはず。まさかそんな場所に奴隷商があるとは闇深さを感じる。

なるべく顔が分からないようにフードを被り、気配を消しながら移動する。

奴隷商に入ると小太りで髭を生やした中年の男が揉み手で近付いてきた。

「いらっしゃいませ。今日はどんな奴隷をお探しで？」

「そうだな。俺はこの街が初めてなんだ。どんな奴がいるか、見せてもらってもいいか？」

「それはもう。是非ご覧ください。お探しは女性ですかな？」

ニヤけた顔で聞いてくるが好都合だ。

「そうだな。どんな娘がいる？　あぁ、心配しなくても金はある」

「おっほー！　それでございましたらエルフなんかいかがですかな？　勉強させていただきますよ？」

「まずは見せてもらってもいいか？　あと、犯罪奴隷を買う気はないんだが……」

「それは大丈夫でございます！　大きい声じゃあ言えませんがねぇ、犯罪奴隷以外も別室に取り揃えておりますので、へへ……」

「そうか。ならさっそく頼む」

そう言うと奥の部屋に通され、さらに地下への階段を奴隷商に付いて降りていった。警備は厳重であり鍵が掛かったドアを二枚通ると檻の中に五人の女性のエルフが入れられている。その奥にはドワーフと思われる男女や獣人の女の子も数人檻に入れられていた。


部屋の中を観察していると、階段の上から騒ぎ声が聞こえてきた。

「っく！　離しなさい！　私は、奴隷なんかにっ！」

「ん？　えぇっ！？」

声のほうを振り返ると思わず声が出てしまった。

そこには男に腕を掴まれ、連行されながら身を捩《よ》じらせているワンピース姿のシンクがいた。

しかも耳が長く、パッと見はエルフにしか見えない。

「どうかなさいましたか？」

「いや、なんでもない。それよりあのエルフは？」

「げっへっへ……上玉でございましょ？　つい数分前に入荷された商品でございます。お客様は運がいい！」

「あいつと少し話をさせてもらっても？」

「かまいませんよ？　ただし、檻の中と外にはなりますがね」

そう言うと奴隷商は俺の一歩後ろに下がった。離れる気はないようだ。
「おまえ、名前は？」
《おい、シンクお前何してるんだ？》
「あなたに名乗る名前なんかないわっ！」
《潜入捜査でございます。完璧な変装と演技だと自負しております》
「生意気なヤツだな。でもまぁ気に入った」
《いや、演技も変装も完璧だけど、やり過ぎだろ》
「フンッ、あなたなんかに気に入られたくないわ！」
《大丈夫でございます。これが確実に解放された奴隷達の居場所を知る方法ですので。それにこんな所、その気になればすぐに脱出できます》
「ほぅ？　そんな気の強いところも……いいな」
《まぁ……そうなんだろうけど、危なくなったらすぐに抜け出せよ？》
「汚らわしい目でこちらを見ないで！」
《了解いたしました。ここはお任せください》
「おい店主！　コイツはいくらだ？」
「お気に召しましたか？　来たばかりで調教もできておりませんので、金貨90枚で勉強させていただきます」

「足元を見るな。確かに上玉ではあるが、金貨80枚も出せば十分だろう？」

「いやはや、お客様には敵いませんね。それでは金貨85枚でいかがでしょう？　奴隷契約もサービスしますよ？」

これなら明日までシンクをここに留まらせることもできそうだな。

ついでに少し殺気を入れて奴隷商を脅しておくか。

「フッ、ならそれでいい。ただし、今はそんなに手持ちがない。明日の晩に必ず買いに来る、それまで丁寧に扱っておけ。間違っても傷つけたりしたら……許さんぞ？」

「は……はい！　それはもう！　分かっております！　明日の晩ですね。お待ちしております！」

奴隷商に店の外まで見送られ、深々と頭を下げられた。

これで闇営業を行なっている事実は確定した。さらに明日奴隷が解放された際は、もし混乱で奴隷達を見失ってもシンクが念話で案内をしてくれるだろう。

それにしても……シンクは自分を犠牲にし過ぎている。確かに一般の人間がどうこうできるレベルとステータスではないのは分かるが、気持ちとして何か許せない。シンクは帰ってきたら説教だな。

《キヌ、ドレイク二人はどんな感じだ？　こっちは闇営業の事実を掴んだ》

《私のほうはまだ見つけられてない。西側にはなさそう》

《俺も空から探してますけど、怪しい人物はいないっすね》

《そうか。じゃあ二人は一旦部屋に戻ってきてくれ》
《シンクねぇさんはどうしたんっすか？》
《……それも部屋で説明する》

◇　◇　◇

20分ほどで部屋に戻ってきたキヌとドレイクに、奴隷商で起こったことを説明した。

「マジっすか……。シンクねぇさん、めちゃくちゃしますね……」

「シンク、帰ってきたらお説教……」

キヌが珍しく怒っている。俺と同じ気持ちのようだ。ただ、シンクのおかげで明日の計画が実行しやすくなったのは事実だ。

その後ドレイクはもう少し街を見回ると言い、俺とキヌはシンクと念話で情報の整理をしつつ明日に備えることになった。

第42話　奴隷商襲撃

次の日の夕刻、俺達はそれぞれの配置についていた。

ドレイクは空から、俺とキヌも奴隷商が確認できる場所で気配を消して周辺の監視をしている。

もちろん全員服装は一般的なものに変更済みだ。

四時間ほど経過し夜も更けた頃、ドレイクから念話が入った。
《一人怪しい人物を発見したっす。気配を完全に消してるヤツが、兄貴のいる二つ先の路地裏に潜んでるっす》
《分かった。ドレイクはそいつの監視をしててくれ》
《了解っす》
そろそろ動きがありそうだな。

それから数分すると、奴隷商の入口に立っている見張りが声も出さず急に倒れ込んだ。

鮮やかな手際《てぎわ》だ。集中して見ていなかったら気付かなかったかもしれない。

超高速で見張りの男に近付き、首の後ろを手刀で一撃。

さらにもう一人の見張りも同様に気絶させた。

ただ、ここからは単独では大変そうだ。
シンクからの情報では内部の警戒はかなり強化されており、昨日の倍以上の人数が店の中にいるらしい。俺の出番かな。
《ちょっと行ってくる。二人はこのまま監視を継続してくれ》
《ん。分かった》
《了解っす》

【疾風迅雷】を発動して接近すると、襲撃者は驚いたように俺にナイフを向けてきた。

この速度に反応されたのは初めてだ。

俺が襲撃者に警戒されるのは当たり前だが、なんとかして協力体制を作りたい。

「待て待て、俺はお前に協力しようと思って来ただけだ。俺の仲間も既に内部に潜入している。ちょっと俺の話を聞いてくれ」

「お前は何者だ。ゆっくり話なんかしている時間はない。それに協力者だと、どうやって証明するのだ」

侵入者はフードを被っているが女性であることは分かった。

フード付きのクロークを鑑定すると、認識阻害の特殊効果が付いている。だからこれまでの襲撃で誰も顔が分からなかったのだろう。

かなりレアなアイテムだが、それだけ本気だということだ。

「証明って言われてもなぁ。まぁそうだな……。お前と敵対しているなら、わざわざ近付くだけ近付いて攻撃しないってことはないだろ？　やろうと思えば、さっきお前のこと殺せたぞ？」

「……っく。確かに殺気は感じないし、近付いた時に攻撃しようと思えばできた……」

「この中はかなり警備が厳重になっている。一人じゃキツいんじゃねぇか？　大人しく協力しようや」

「……時間があまりない。明日には大勢のエルフ達が売られるという情報も掴んでいる……。どうするつもりだ？」

「協力態勢成立ってことでいいな？　俺は阿吽だ、よろしく。作戦は、俺が中に入って奥の部屋の鍵を開けさせる。そのための仕込みは昨日済ませておいた。俺が入った数分後に入ってきて中の警備を無力化してくれ」

「私はネルフィー……。もし裏切ったら絶対許さない」

「大丈夫だ。裏切ることなんか絶対しねぇよ。んじゃ、数分したら行動を起こしてくれ」

そう言って俺は堂々と奴隷商の中に入っていった。

中には昨日の倍ほどの人数が待機していた。数人は腕の立ちそうな男もいる。確かに警戒レベルがかなり上がっているようだ。

気にせず奥に進んでいくと、奴隷商の店主が近づいてきた。

「これはこれは！　お客様、お待ちしておりましたよ！」

「あぁ、待たせてすまなかったな。昨日の女とすぐ会えるか？　もう一度見てから支払いをしたい」

「はい！　それでは地下へ向かいましょう！」

奴隷商の後ろを歩きながら訪ねる。

「昨日より見張りが多いようだが、何かあったのか？」

「いえ、大丈夫でございますよ。少し気になる噂があったので、見張りを増やしただけでございます」

「そうか。ならいい」

二つ目のドアの鍵を奴隷商が開けたタイミングで上の階から喧騒が聞こえてきた。どうやらネルフィーが暴れ出したようだ。

「何事だぁ！？」

「店主どうする？　上の様子を見に行くか？」

「そ、そうでございますね。お客様は先に奴隷と話をしていてください」

これで二つのドアを両方開錠させることができた。あとはネルフィーの腕次第だな。さっきの手際を見る限りでは大丈夫そうだが、もし失敗しそうなら助けることにしよう。

数分で上の階が静かになり、ネルフィーが一人で階段を下りてきた。全く問題なかったようだ。

さらに檻の鍵もバッチリ獲得してきている。戦闘能力だけでなくシーフとしての能力も高いみたいだな。

「奴隷を解放した後はどうするんだ？　結構な人数だが、どこかで匿《かくま》ってるのか？」

「あぁ、東区にアジトがある。とにかく今は、捕えられている者達を檻から出してアジトに向かおう。今後のことはそこで話す」

キヌ、シンク、ドレイクも手伝いに加わり、全ての誘拐された奴隷を解放した。

そして東区のアジトまで、気付かれないように路地裏を経由しながら移動した。

第43話　ミラルダからの脱出

ネルフィーのアジトはミラルダ東区の路地裏にあった。

以前は宿屋兼酒場として使われていただろう建物だが、外から見ると建物の劣化も相まって廃墟に見える。

中に入ると十人ほどのエルフやドワーフ、獣人達がいた。今回解放された人数を合わせると全員で二十五人になる。

怯えていたようだが、ネルフィーや解放された人達を見ると笑顔になっていた。家族と再会できた者もおり、涙を流して喜んでいる。


「さて、まずは自己紹介といこうか。俺達四人は【黒の霹靂】というSランクの冒険者パーティーだ。大きいのから順にドレイク、シンク、キヌという。よろしくな」

俺が代表して挨拶すると、ネルフィーが深々とお辞儀をした。

「先ほどは疑って悪かった。私はネルフィー。ダークエルフ族だ。この度は助けてもらって感謝する」

フードを外し、ゆっくりと顔を上げると褐色の肌に金色の瞳、銀髪の女性が微笑んでいた。

「いや、あの状況で疑われるのは当然だ。それよりもこれからの話をしよう。まず、ここからどこか行く当てはあるのか？　ここに留まり続けると、いずれ見つかることになりそうだが……」

「いや、実は……もう行くところがないんだ。これからどこかの森に逃げ込み、そこで生活しようと考えていた」

「ちょっと待て。お前らはどこから来たんだ？　故郷には帰れないのか？　なんなら俺達も手伝うが……」

攫われてきた者の中には子供もいる。それならどこかに住んでいた村や街があり、家族もいるはずだ。

「故郷は、この街の西にある『幻惑《げんわく》の森』の中にあったんだが……今は壊滅してしまっている」

「え？『幻惑の森』って、頻繁に木々や地形が変化するからエルフでないと道に迷うって聞いたことがあるぞ。一体何があったんだ？」

「エルフやダークエルフの案内なしには決して村には辿り着けない、そんな森のはずだったのだ……。しかし、ヤツらが突然現れ、村を焼き、抵抗した男達は殺され、エルフや一緒に生活していたドワーフ、獣人の女子供を攫っていった」

「ヤツら？　犯人は分かるのか？」

「直接見てはいない……。私も冒険者なのだが、クエストを終え村に帰ってきたら、すでに村は壊滅した後で……。ただ、攫われた者に聞いたのだが、主犯の中に赤髪で炎の剣を使っていた男がいたと。名前は……ブライド」

「赤髪で……ブライド、だと……？」

「兄貴！　赤髪の男って俺に魔剣をぶっ刺した野郎じゃないっすか！」

「阿吽……大丈夫？」

「あ、あぁ。……ネルフィー、その情報は間違いないのか？」

「恐らく間違いないはずだ。ミラルダに連れてこられている最中に、冒険者と奴隷商の男が話しているのを聞いていた子供がいた。そのときに口を滑らせた奴隷商が名前を呼んでいたそうだ」

「……そうか。実は、その名前の男に心当たりがある。おそらくドレイクに魔剣を刺したのも同一人物だろうな。ただ、この話は安全に避難できた後にしよう」

「そうだな。それで阿吽達に相談なのだが、どこか安全に避難できる場所はないだろうか？　勝手なことを言っているのは百も承知だ。だが、頼れるのはもう阿吽達しかいないのだ……」

「うーん……一応、移動に関しても居住場所に関しても解決できる方法はある。だが、奴隷にされそうになってたヤツらにコレを提案するのは……正直心苦しい」

「何！？　どんな方法だ！　どうせここに留まっていても捕まるだけ。それにこの人数を街から外に出すにもかなりの危険が伴う。それを安全に解決できるなら、皆も受け入れてくれるだろう！」

「……じゃあ、俺達の秘密をネルフィーに話す。他言しないと誓ってくれ」

「もちろんだ！　なんなら私が阿吽の奴隷となってもいい！　そうすれば奴隷契約で私の口を封じることも出来よう！」

「いや、そこまでは強制しない。あくまで俺達とお前の信頼で十分だ。ただ、覚悟は伝わった。

……実は、俺はダンジョンを管理しているダンジョンマスターだ。そしてダンジョンの機能に従属契約というものがある。これをすれば、俺の管理しているダンジョンの安全な場所に転移することが可能なんだ。だから全員と契約を行えば一瞬でダンジョンの居住エリアに転移することが出来る。もちろん俺達も同行するから安心してくれ」

「ん。私達三人も阿吽と契約をしてる。阿吽すごく大切にしてくれる」

「ダンジョンマスターだと……？　その存在は一族の長老から昔話で聞いたことはあるが……長命のエルフ族やダークエルフ族にもなった者はいないと言っていた。……そうか、なら全員と契約をしてくれ」

「いいのか？　いつでも解除は出来るが、従属状態となるんだぞ？」

「構わない。そのダンジョンの中で暮らすことができるのか？　というか……言いにくいのだが、危険はないのだろうか？」

「危険はない。ダンジョンの魔物はマスターである俺の指示を忠実に守ってくれる。だから、もし侵入者が来てもダンジョンの魔物達が守ってくれるくらいだ」

「そうか、それならば問題はない。みんなには私から説明をするとしよう」

「分かった。強制はしないでくれ。多分強制されても契約は出来ないだろうしな」

　その後10分ほどでネルフィーはエルフやドワーフ、獣人達に説明を行なった。その反応としては、反対する者はおらず、むしろ喜んでいたらしい。

その間に俺は、アルスとイルルス、バルバルにも念話で経緯を説明し、アルスがダンジョンポイントでフォレノワールの受け入れ準備を整えてくれる手筈となった。

それから全員と契約し、キヌとシンクが先にフォレノワールダンジョンに転移。解放されたエルフやドワーフなどの亜人や、獣人達全員が転移できたのを確認してから、俺とドレイクもフォレノワールに転移帰還した。

第44話 【黒の霹靂】の五人目

フォレノワールダンジョンのコアルームに転移帰還してから、キヌとシンクにはネルフィーへの諸々の説明をお願いした。

ネルフィーへの説明内容の中には、俺がどんな経緯で魔物になったのかも説明してもらうように頼んである。仲間には自分のことを出来るだけ隠したくないからな。

ドレイクとバルバルには今後の予定の調整を頼んだ。

俺達四人は明日の朝までにミラルダに到着していなければならない。それは、奴隷商をもう一度訪ね、俺も襲撃の〝被害者〟だということにしなければいろいろと動きにくくなってしまうためだ。

誘拐に関わっていた奴らのことは、今すぐにでも叩き潰してやりたいが、裏でつながっている貴族や主犯の奴隷商、加担した冒険者も一緒に全員を潰すためには下準備が必要となる。

そいつらを這い上がれないほど没落させてやるのは、既に俺の中での決定事項だ。

ネルフィーに説明をしてもらっている間、俺はまずフォレノワールダンジョンの居住区改築を行うことにした。

解放された亜人・獣人達は、安全のためにしばらくはフォレノワールダンジョンから出ないほうがいい。とはいえ従属契約をしたからにはコイツらはもう俺達の仲間だ。つらいことがあった分、意地でも安心して幸せに暮らしてもらいたい。

それにはまず、それぞれの種族が住みやすく落ち着ける環境を整えることが最優先だ。聞き取りを行なってみると、エルフとドワーフは森、獣人は走り回れる平原に住みたいという。

また、エルフは裁縫やアクセサリーの作製、ドワーフは武器や防具を作るのが得意であり、今後自分達で工房を作ってもいいか聞かれた。

よし、今後と言わず今すぐ作ってやろう！


ということでアルスやイルスと相談し、フォレノワールの三階フロアを森と平原の居住エリア、四階フロアを工房エリアとして整えることとなった。

ダンジョンポイントに関してはこの一か月半でかなり増やしていたため、まだまだ余裕がある。10分とかからず三、四階フロアを作り上げ、好きに使ってもらうことにした。また要望があったらアルスに伝えるように言ってある。


こちらが一段落付いたタイミングでネルフィーと一緒に、キヌ、シンク、ドレイク、バルバルが近づいてきた。

「お！　今からちょうどそっちに行こうとしてたところだ。作戦会議をしてもいいか？」

「ん。大丈夫」

「よし。じゃあ、これからの動きと奴隷商達への対処について話をしようか。まず、奴隷商達への断罪はまとめて行う必要がある。トカゲの尻尾切りになって、貴族にダメージがなけりゃずっとこのままだ」

「その通りっすね！　何か案があるんっすか？」

「そうだな。そのためには、この国の王族や貴族の連中に、俺達が話をできるようにならなきゃいけない。だが、それは近々できるだろう」

「どういうことっすか？　さすがに王族と話をするなんて無理じゃないっすか？」

「いや、俺達がこの国で一番強いって分からせればいいんだよ。それにうってつけの機会があるって話だ」

「あ、クラン対抗の武闘大会っすか！」

「そうだ。そこで優勝して序列一位になっちまえば発言力も大きくなる。ただ逆に言うと、それまでは大事《おおごと》にできないんだ。だから明日ミラルダへ行き、俺達が襲撃側だと悟らせないようにする必要がある」

「そういうことなんっすね！　ミラルダまでは俺がドラゴンになって飛べばすぐ到着するっすけど、さすがにそれは目立ちそうなんで、皆で走っていくことになりそうっすね」

「まぁそうだな。速度を合わせても俺達なら走れば一時間程度で到着できるだろう。ミラルダに着いてからのことは俺がなんとかしておく。そして、ブライドのことなんだが……」

「その前に、阿吽にお願いがある」

「ん？　ネルフィーどうした？」

「私を【黒の霹靂】に入れてくれないか？　今回の恩を返したいのはもちろんなのだが、キヌ達に【星覇】クランの目標を聞いた。私もこのクランの力になりたいんだ。私にできるのは戦闘や諜報だけだが、必ず役に立つと誓う！」

「もちろんだ。なんなら俺からお願いしようと思っていたしな。それにキヌ達は全員了承してんだろ？」

「ん。ネルフィーは信頼できる。それに諜報も戦闘もできるのは、今回の襲撃で証明されてる」

「だな！　シンクのは潜入っていう名のゴリ押しだったしな。ってかシンク、お前は説教だ！」

シンクはキョトンとした表情をしている。これは何のことか全然分かってないんだろうな……。

「はい、変装や演技がまだまだ未熟でした。より精進いたします」

案の定シンクの回答は斜め上を行っていた。コイツ、自分は死んでも構わないとでも思っているんじゃないだろうか？　ちょっとキツめに言っておく必要がありそうだ。

「ちげぇよ！　危険なことはするなと言っただろ？　お前はもっと自分を大切にしろ！　自己犠牲なんか絶対にするんじゃねぇよ！」

「シンク……私達は、シンクが私達を大切に思ってくれてるのと同じくらい、あなたのことを大切に思ってる。だから、阿吽も私も怒ってる」

優しく諭《さと》すように言ってはいるが、キヌも怒っているのは表情からも伝わってくる。

「あ……阿吽様、キヌ様っ！　わたくしは……思い違いを……申し訳ありませんでした！」

「分かればいいんだよ。これからは無茶なことすんなよ？　あと、行動する前に一言みんなに相談しろ」

「分かりました！　肝に銘じます！」

多分すぐには改善しないだろうが、少しずつ伝えていけばいい。シンクだって俺達の大事な仲間だ。

「本当にいいパーティーだな。私もこの輪の中に入れることを誇りに思う」

「おう！　自慢の仲間だ！　これからよろしくな、ネルフィー！」

ネルフィーがクランだけでなく、【黒の霹靂】のパーティーメンバーにも入り、諜報や索敵など今までは力技で無理やりなんとかしていたこともスマートにできるようになるだろう。

パーティーのバランスとしても、全体的に火力重視ではあるがほぼ完璧に近い形になったと言える。

「んじゃ、ブライドのことを話そうか」

「兄貴、心当たりがあるって言ってましたが……」

「あぁ。実はな、多分その赤髪の魔剣士ブライドは俺が冒険者になりたての頃に組んでたパーティーの一人だ。俺はそいつらに裏切られ、死にかけたことがある。ちょうどいいタイミングだし、みんなにもその時のことも含めて話しておきたい」

「阿吽……無理してない？」

「大丈夫だ。キヌ、ありがとな。これは仲間には話しておくべきだと思うんだ。ただ、これを知れば危険に巻き込みかねない。そう思って今まで話せなかった」

「それならちゃんと話して。阿吽は私達の大事な人……。阿吽だけに危険を押しつけたくない」

「そうっすよ！　それに兄貴が好きに動けるように、背中を守るのが俺達っすから！」

その場にいる全員が頷いてくれている。本当に俺はいい仲間を持った。


そこから俺は十四年前のことを語った。

第45話　阿吽の過去～十四年前　王都アルライン～

「ちょっとアウン！　さっきの戦闘、前に出過ぎよ！」

「うっせぇな。別にいいだろ、討伐できたんだし！」

冒険者ギルドの一角で、俺達新人冒険者パーティーはクエスト報告をしていた。

その日は、Dランクに上がって初めての討伐クエストを受けていた。

幼いころから爺ちゃんに剣術の指南を受けていた俺は、他の新人冒険者よりも強く、冒険者になってすぐは傲慢になっていた。まぁ所謂《いわゆる》〝クソガキ〟だな。

ただ、そんな俺と互角に勝負が出来る同年代の男がいた。

炎のような赤い髪、子供にしては大きな体躯、いつも無表情で無口な男、ブライド。

俺とブライド、魔術師のエリア、癒術師のダリアス、弓術士のメロリアの五人で組んでいたパーティーが【嵐の雲脚《うんきゃく》】だ。

ちなみに俺以外の四人は全員貴族の子供だ。その四人も幼いころからそれぞれ戦闘術を学んでおり【嵐の雲脚】はアルラインでも期待のホープと噂されていた。

そんな俺達だが、Dランクのクエストでは苦戦するような敵もおらず、一人でも討伐可能な魔物ばかりであったため、連携に関してはお世辞にも上手いとは言えなかった。

「早くランク上がらねぇかな。雑魚ばっかり倒しててもつまらねぇぞ」

「……それに関しちゃあ同感だ」

珍しくブライドが返答した時、冒険者ギルドの扉が勢いよく開かれた。

「みんな！　この街の近くでダンジョンが発見されたぞ！　街の北東だ！」

その言葉に冒険者ギルド内部が沸き立つ。

ダンジョンには、どのランクの冒険者でも潜ることが出来る。自己責任ではあるのだが、レアなアイテムが見つかりやすく、さらに発見された直後ほど希少性が高いアイテムが出やすいという噂もあった。


当然【嵐の雲脚】もダンジョンに向かった。だが、誰よりも先にダンジョンに潜ることを優先したため、本来しておくべき消耗品の補充などの準備をろくにしていなかったのだ。

発見されたばかりのそのダンジョンは、単純な構造で出現する魔物もDランク程度だった。

ただ、初めて見るダンジョンというものへの興奮や、他のパーティーよりも早く攻略できている高揚感も相まって、パーティー全員が残りMPや矢の管理が出来ていないのに気付いたのは五階層まで到達した時だった。

五階層の通路を通り、扉を開けるとそこはボス部屋だった。待っていたのはBランク下位の魔物【ナーガ】。

蛇の身体に四本の手が生えている中型の魔物なのだが、コイツの厄介なところはその狡猾《こうかつ》さだ。

序盤は善戦していたものの、後衛のMPや矢が切れると徐々に形勢が逆転していく。さらに、ナーガの身体で出口が塞がれ、逃げられないようにされた。

俺は体力が半分ほどに減ってはいたが、まだ戦えると思っていた。

……しかし、そう思っていたのは俺だけだったようだ。

突然ブライドが背後から俺の後頭部を殴り、囮に出すように俺をナーガの前に蹴り倒した。そしてナーガが俺に気を取られている隙に、四人は素早く逃げ出した。

初めから、ピンチになったらそうしようと示し合わせていたかのように……。

ボス部屋に一人取り残され呆然とした俺だったが、爺ちゃんの教えでいつでも回復ポーションは大量に持ち歩いていた。

その大量のポーションを使い、なんとか独りでナーガを倒した俺は、命からがら転移魔法陣に触れ、ダンジョンから脱出することが出来た。


だが、俺が王都に戻ると既に手は回されていた……。

『貴族の子供達がパーティーメンバーを見捨てた』という事実が知られては不都合極まりなかったのだろう。俺が〝パーティーメンバーを攻撃し、獲得したアイテムを独占しようと企んだ〟ということにされていた。

街に入った途端、貴族達に連行され、こう言われたのだ。

「今回の件はなかったことにしてやる。その代わり今すぐ王都から出ていけ！　二度と戻ってくるな」

俺の言うことは誰も信じてくれず、黙って王都を出るしかなかった。

……しかし、俺は怒りが収まらなかった。

いつもケンカはしていたが、信頼していた仲間に……唯一ライバルだと思っていたブライドに裏切られたことで生まれた感情は、呑み込むことができるレベルを超えていた。


アルラインを出た俺は、近くの森に潜んだ。ブライドに復讐するために。

ブライドが時々一人で夜に森のほうへ出ていくのを知っていたからだ。

一か月後、チャンスは巡ってきた。ブライドが一人で森に来たのだ。

……しかし、そこで見てしまった。

ブライドが魔族と密会しているのを……。

それを見た瞬間、俺は慌てて逃げだした。怒りなんか吹き飛んでいた。

とにかく考えていたことは「ヤバい、逃げなければ！」ただそれだけだった。

魔族の姿や、その恐ろしさは幼い時から聞かされていた。

二千年前の『人魔大戦《じんまたいせん》』。今では御伽話《おとぎばなし》になっており、信じている人も少なくなっているが、人間と魔族は戦争をしていた。

その戦争の最後は地形を変えるほどの魔法のぶつかり合いにより決着が付いたとされ、現在人間や獣人、エルフなどの亜人が住んでいるこの『スフィン大陸』の他に、『魔大陸《またいりく》』と呼ばれる魔族が住んでいる大陸があるとも言われている。しかし地図や文献にソレはなく、あくまで昔話や伝説の類として継承されている話だった。

俺は逃げた。なり振り構わず、とにかく遠くへ……。

そしてレクリアに辿り着き、そこで冒険者として生きていくことになる。何も知らないフリをして……。

◇　◇　◇

「そういう訳なんだ。なぜプライドが魔族と密会していたのか、それは分からないが、とにかくプライドはヤバい。でも一度死んで魔物になった時に決めたんだ。『もう逃げない、誰よりも強くなって好きに生きてやる』ってな」

話し終えた俺を、キヌが強く抱きしめてくれた。

「阿吽……つらかった……」

「ありがとうな、キヌ。でももう大丈夫だ。今の俺にはお前達がいる。もう独りじゃない」

「亜人達を誘拐して奴隷にしてただけじゃなく、兄貴にそんなことまで……！　俺マジで許せないっす」

「プライドは五年前にはSランクになっている。それに炎の魔剣を持っているって話だ。ヤツの性格からして必ず序列戦にも参加してくる。そこで完膚なきまでに叩き潰す。それに加えて俺達のクランが序列一位になれば、俺達の発言力も上がり、亜人達を誘拐したことも正しく罰せられるはずだ。それでも国がそれをしないって言うなら、いっそのこと俺が国ごと叩き潰してやる」

「阿吽、私達亜人のためにそこまでしてくれるなんて……感謝の念に堪えない」

「お前らはもう俺の仲間であり、家族だ。家族を苦しめた奴らを、俺が野放しにするなんてことは絶対にしない。お前らも【星覇】の誰かが苦しんでいたら放っておかないだろ？　それにネルフィー、お前が必死に動いたから今の結果があるんだぞ。『ありがとう』って一言で十分だ」

話が一段落ついた俺達は、すぐにミラルダへ向かって走った。


明朝【黒の霹靂】五人は、誰にも見つかることなくミラルダの街に入り、あたかも昨夜から寝ていたかのように宿屋のベッドに入った。

さて、俺は奴隷商に向かうとするか。

第46話　ゴリ押し隠蔽工作

奴隷商の付近まで来ると、店主が俺に近づいてきた。

さっき起きたばかりなんだろう。顔色が悪く、足がフラフラしている。

「お客様、その……申し訳ございません。奴隷達に逃げられまして……」

「そうだな。俺も現場にいたから知っている」

「あれ？　そういえば、お客様は今までどこに……？」

「侵入者と戦闘になったからな。攻撃を避けながら店から脱出していた。それより、どうしてくれるんだ？」

「そ……そうでございましたか。すぐに別の奴隷を用意いたします。あの、非常に申し上げにくいのですが、上にこのことを報告したいのです。証人として一緒に付いてきてもらうことは可能でしょうか？」

あー、これ俺を疑っているパターンか？　さすがにタイミングが良過ぎたかな。

「……お前は何を言っているんだ？　俺が付いていく理由がないだろ。それに、俺のことを上に報告するのもナシだ。面倒事になりたくはない」

「それは、その……襲撃時の状況を報告しなくてはならず……。現場にいた証人も必要かと……」

これはかなりキツめに脅しておいたほうがよさそうだ。

でも気絶させないようにしなきゃな……。殺気は抑え目にしてっと。

「お前は自分の立場を分かっているのか？　なぁ？　ふざけたこと言ってると、全身砕いてゾンビの餌にしちまうぞ。あと……路地裏に隠れて俺を狙ってる奴らは、全員死んでもいいってことだな？」

そう言って周囲を見渡すと咄嗟にバレないよう隠れる四つの影が見えた。

「あぁぁぁあ、あの……どうかご勘弁を！　言いません、言いませんから！　部下にも必ず言い含めておきます！」

「当然だろ。上に俺のことを報告したら潰す。俺の周囲を探っても潰す。俺の仲間に手を出したら……普通の死に方が出来ると思うなよ？　それに、もともと俺は被害者なんだ。そうだよな？」

「そそそ、そうでございます！　お客様の仰る通りでございます！　疑うようなこと言って申し訳ありませんでした。路地裏にいる部下には罰を与えておきます！」

「選択を……間違えるなよ？」

「はいぃぃ！！」

まぁ、こんなもんかな？

俺は殺気をそのままに奴隷商を後にした。宿に戻る道中は周囲を探ってみたが、つけてきている輩はいない。

うん、上々だな！　これで面倒事はなさそうだ。

◇　◇　◇

そこから三日間は奴隷商達の様子を窺いながらミラルダで買い物や食事を楽しみ、実害がなさそうなのを確認できたため、王都アルラインに向けて移動を開始した。

アルラインへの移動には、あえて馬車と御者を雇った。

今は馬車に揺られている最中なのだが……俺の過去を話してからキヌとの距離が近い。近いというより常にどこかを掴まれている。宿屋でもキヌがドレイクに言って俺との二人部屋になっているし、今も馬車の中で隣に座り左腕を抱きしめられている状態だ。

【黒の霹靂】メンバーはそれが普通のことのようにしてくれているが、それ以外の周囲からの視線がちょっと痛い……。

「キヌ、俺は逃げないから捕まえてなくても大丈夫だぞ？」

「阿吽は……イヤ？」

「決して嫌じゃない。むしろ嬉しい。ただ、周囲の視線が痛いっていうか……」

「……私は気にしない。阿吽も気にしちゃ……ダメ」

あー、俺を見上げる表情が最高にカワイイ……なんだろう、幸せだ。

うん。周囲は気にしちゃダメなんだな！　キヌが言うならそうなんだ！　むしろ周りがおかしいんだろう。

「阿吽様、キヌ様とはずっと引っ付いていてくださいませ。わたくしの目の保養のためにも……」

「兄貴達はお似合いっすからね！　俺達は全く気にしないっすよ。むしろ変な目で見てる奴がいたら俺が全員シメてきます！」

「阿吽とキヌは本当に仲が良いな。私もそんなパートナーが欲しいよ」

まぁ、コイツらが気にしないならいいか。

恥ずかしいから、俺から引っ付きに行くことはしないが……しないと思う。ただし、狐状態のモフモフは別だ！！

王都アルラインへは馬車なら二日ほどで到着する。昨日の夜は野営をしたが、魔物にも盗賊にも襲われることはなかった。予定通りであれば、もう少しでアルラインに到着するだろう。

「あ、そういえばネルフィーに渡しておくものがあるんだ」

そう言って俺は一着の装備を取り出した。

《忍装束《しのびしょうぞく》【くノ一】：防御力10　隠密効果、器用値・敏捷値に補正効果あり》

「これは和装といって和の国で着られている装備だ。俺達全員この和装を装備してる。アルス、イルス、バルバルからのプレゼントだ。受け取ってくれ」

「いいのか！？　これ相当希少な装備だろ？」

「ん。ネルフィーもお揃い……」

「そうっすね！　序列戦バシッとキメるっす！」

「ありがとう。王都で着替えておくよ。お揃いか……なんだか嬉しいな」

全員が和装で登場したら相当目立ちそうだが、それはそれでアリだ。力を見せつけるにはちょうどいい。そんな話をしていると遠くのほうには王都アルラインの王城や街の外壁が見えてきた。

この街に帰ってくることは二度とないと思っていたが……人生何が起こるか分からないもんだな。


序列戦の開始を明日に控え、外門には多くの見物客で長い行列が出来ており、入るまで半日はかかりそうだ。ただ、俺達序列戦の参加者は、並ぶ必要もないし宿もすでに決まっているそうだ。

街に入ったらまず、闘技場に貼りだされている序列戦のルール確認。その後、冒険者ギルドで到着の報告と大会登録をしてから宿で作戦会議だ。明日から忙しくなりそうだし、今日の夜はゆっくりと休むことにしよう。

そんなことを考えているうちに馬車は門をくぐり、俺達は王都アルラインに足を踏み入れた。

第47話　王都アルライン

王都に到着してすぐに俺達は闘技場に向かった。
闘技場の入口付近にはクラン対抗武闘大会、通称〝序列戦〟の大会要綱やルール説明などが貼りだされている。その周りには参加者と思われる冒険者達が集まっているが、それを想定して後ろのほうからでも見えるようになっているのは親切だと感じた。

〈大会要綱〉
・本大会はアルト王国内クランの序列を決める大会です。
・優勝クランは一年間序列一位となり、国王陛下より優勝褒賞《ゆうしょうほうしょう》を下賜《かし》されます。
・本大会はトーナメント方式を採用しております。
・昨年の序列によるトーナメントシード権があります。
・一クラン五人の出場枠があり、「五対五の勝ち抜き戦方式」で勝敗を決定します。
・ただし決勝戦に関しては各将同士が対戦し、勝ち星の多いほうが勝利となる特別マッチです。
（尚、途中で勝敗が決した場合でも大将戦まで行います。人数が五人に満たないクランは同クランの出場者が足りない枠を補うこととなります）
・闘技場には大型の魔導具《アーティファクト》による特殊結界が張られており、結界内での死亡や怪我、状態異常は結界外へ出ると復活、回復します。
※昨年の事故を受け、本年より新設いたしました。存分に力を発揮してください。
・詳細は本大会運営委員会までご質問ください。

〈ルール〉
・一クラン五人までの参加となります。四人以下での参加も可能ですが全滅により敗退となります。
・ポーション等のアイテムの使用は禁止です。
・精神攻撃系魔法の使用は禁止されています。使用が発覚した場合、即失格となります。
・相手が降参をした場合、それ以上の攻撃にはペナルティが発生いたします。
・意図的な観客席等への場外攻撃は禁止です。意図して場外攻撃を行なったクランは失格、クランの解体となります（攻撃の余波が出ないよう最大限の配慮はしております）。

「なかなかすごいな。特にこの大型魔導具って大規模戦争とかに使われる伝説級とかそんなレベルだろ……」

「ん。でも私達には有利。火力の加減は苦手」

「そうっすね！　思いっきり叩きのめすことができますね！」

「あなた達の戦闘能力はどれだけ高いのだ……」

「まぁ確かに有利だな！　思いっきり暴れてやろう！」

そんな話をしていると後ろから三人のゲスな笑い声が聞こえてきた。

「ぎゃーっはっは！　おいおい、見てみろよ！　亜人と獣人のクランだぞ！」

「オーッホッホッホ！　変な恰好しておりますわねぇ！」

「〝ちっさい獣女《けものおんな》〟もいるじゃねぇか！　ガハハハ！　人数合わせかよ！」


あ？……今、誰の事を笑った？

俺は『ちっさい獣女』と言った奴に肉薄し、顔面を鷲掴んで身体を持ち上げた。

俺達をバカにしていた残り二人は、シンクとドレイクが首や腕を掴んでいる。

「おいテメエ、さっきのセリフは〝俺の〟キヌに言ったのか？　どうなんだゴルァ！」

「兄貴、序列戦前っすけどコイツ等、殺《や》っちゃってイイっすか？　いいっすよね？」

「わたくしならまだしも、阿吽様やキヌ様を笑ったのです。これは万死に値します。温情を与えるとしても両手足をちぎるくらいは必要かと……」

俺達が全力で殺気をぶつけただけで、三人とも数秒で気絶した。近くにいたゲス野郎どもの仲間らしき男女二人も一緒になって笑ってはいたが、コイツ等には〝まだ〟何も言われていない。

持ち上げていた男を横に投げ捨てるとその二人に〝優しく〟質問をした。

「なぁ、お前ら。コイツは誰を笑ったんだ？　教えてくれよ」

「ヒ、ヒィ……」

「あぁぁ、あの、それは……申し訳ありません！　私からよく言って聞かせますので！」

「はぁ？　それは〝俺の大事な〟キヌを笑ったって言ってるんだな？　てめぇらも死刑だ」

「阿吽……嬉し過ぎるから、それ以上は……やめて」

ん？　キヌがそう言うなら許してやるかっ！

「おい、お前ら……今日は俺達の天使に免じて許してやるよ。ただしクラン名を教えろ。大会で挽肉《ひきにく》にしてやる」

「いや、あのえっと……」

「今、死ぬか？」

「……【レッドネイル】です……」

「ネルフィー、トーナメント表見てきてくれるか？」

「もう確認してある。喜べ、初戦の相手だ」

「マジ？　よし、レッドネイル。棄権なんかすんじゃねぇぞ？」

周囲はかなりザワついているが、誰も止めには来ない。例年こんな感じなんだろう。

俺もトーナメント表を確認し、大会登録をした後は、ギルド職員に案内されて宿屋『歌う小犬亭』へと向かった。

移動の途中でネルフィーがいなくなっていたが、どこへ行ったんだろう？　まぁ念話もできるし、夜には帰ってくるはずだ。

宿屋へと入り一時間ほど部屋でくつろいでいるとネルフィーが戻ってきた。どこかで着替えたのか、戻ってきたときには【忍和装（くノ一）】を装備しており、少し恥ずかしそうにしている。

何をしていたのか聞くと、【レッドネイル】を監視していたらしい。

奴らは目が覚めてから、周囲の目が気になったのか近くにあった看板を壊すなど大暴れをし、亜人や獣人がどうのと喚き散らしていたようだ。


王都アルラインには特に『人間至上主義』の貴族や冒険者達が多く、人間以外の種族を亜人、獣人と言って差別的な発言をしている。

もちろんそうは思っていない奴らもいるが、それを否定することは誰もしない。

だが、俺はそういう差別が昔から大嫌いだ。反吐が出る。それに今は俺自身、獣人どころか魔物だしな。まあ、ちょうどいい機会だ。種族の違いとか関係ねえってことを大衆の前で見せてやろう。


ネルフィーが合流してみんなで食事をとり、再び部屋に戻ってきてから作戦会議となった。

キヌは闘技場前での一件の後、目に見えて上機嫌で、いつも以上に距離も近い。今は俺の膝の上に座っている状態だ。

シンクとドレイクは明日のレッドネイル戦はどちらが先鋒をやるか議論している。先ほどのこともあり、お互い譲る気はなさそうだ。

結局じゃんけんの結果、ドレイクが先鋒を務めることになったのだが、シンクはとても悔しそうにしている。

ネルフィーが監視ついでに大会に関しての情報を集めてきてくれた。明日は開会式もなくそのまま試合の流れになるようで、俺達は第四試合に出るとのことだ。

だが、それ以上に気になる情報があった。

この大会は一般客も楽しめるようにと〝公的に〟賭けが認められているそうだ。八百長《やおちょう》を防ぐため、参加者は自身の所属クラン以外には賭けられないそうだが、それは全く問題ない。

試合毎に賭けることができるため、ネルフィーに俺の所持金の半分を渡し、その全額と増えた金額も上乗せして全て賭け続けるように依頼しておいた。

その後はすぐに解散し、大会初日の朝を待った。

第48話　序列戦開幕！

序列戦の初日、俺達【星覇】は朝から闘技場に来ていた。昨日の【レッドネイル】との騒動で闘技場内部を見るのを忘れていたため、試合開始よりかなり早く来ることにしたのだ。

闘技場の周囲は人で溢れかえっており、観客席は満員となっている。さらに入場チケットを購入できなかった人のために、闘技場の外にも大型魔導具による試合会場の映像と音声が流れていた。こんな魔導具まで開発されているとは知らなかった。王都にはすごい魔導具師がいるようだ。

闘技場内は出場者用フロアと観客用フロアに分かれており、出場者用のフロアに入ると、そこでは屈強な冒険者達がピリついた雰囲気を醸し出している。

今回の出場クランは30クランあり、その中でも和装を着ているのは俺達くらいだ。見た目が亜人や獣人ということもあってかなり目立っており、出場者達に威圧する視線を向けられていた。

まぁ俺達の一番後ろを歩いているドレイクがその都度《つど》睨み返し、その上を行く威圧をぶつけていたんだが……。この視線も初戦が終われば少しは変わってくるだろう。

出場者用のフロアを見終わる頃、大会運営委員会のマイクパフォーマンスが始まり、闘技場全体が割れんばかりの歓声に包まれた。

【星覇】は今年新設のクランであるため、現在の序列は一番下だ。当然シード権があるわけもなく、優勝までに五回戦すべてを勝ち抜く必要がある。

今日の一回戦での出番は第四試合。参加者用フロアで待っていると大会運営委員に呼ばれ控室へと誘導された。控室にも映像が映されており試合の様子が確認できる。

「ドレイク、準備できてるか？」

「うっす！　問題ないっすよ！　早くあいつ等を叩きのめしたいっす！」

「わたくしに少し残してくれてもいいのですよ？」

「シンクねぇさんの分まで全員キッチリとブチのめしとくっす！」

「……ではわたくしは諦めるわ。その代わり二度と口が開けない程度には、殺ってきなさい」

「了解っす！！」

話しているうちに第一試合は終わっていた。

チラッと試合を見ていたが、両クランとも全員レベルが低かった。正直人間だった時の俺のほうがまだ強いほどだ。

第二、三試合も同様のレベルであり、試合観戦を楽しめるのはかなり先になりそうだ。

【星覇】の出番が回ってきて試合会場に入ると、観客席からの凄まじい野次《やじ》とブーイングの嵐が起こった。やはり亜人や獣人というだけで、この街の住人には下に見られるようだ。まぁ、これくらい嫌われていたほうが賭けのオッズが上がるから気にしないでおこう。

反対の入場口からは【レッドネイル】のメンバーが入場してくるが一人足りない。

よく見てみると最後に謝っていた女性冒険者がいないようだ。ちょっと脅し過ぎちゃったか？

「兄貴、行ってくるっす！」

トントンと軽い足取りでドレイクがリングに上がると、対戦相手もリングに上がってきた。あれは最初に俺達を笑った奴だな。エントリーシートを見ると『グズーリオ』という名前らしい。

「おい、亜人！　てめぇらのせいでメンバーが一人クランから抜けちまったじゃねぇか！　どうしてくれるんだ！」

「あ？　そんなん知らねぇよ。お前らがアホ過ぎたから嫌になったんじゃねぇの？」

「クソ舐めた口をききやがって！　昨日は不意打ちで油断してただけだ！　覚悟しとけよ！」

「不意打ちか……。じゃあ一分だけ攻撃しないでやるよ。思う存分攻撃してきたらいい」

「ふざけやがって！　その言葉、後悔させてやる！」

ドレイクが鼻で笑うと試合開始のゴングが鳴り響いた。

挑発されたグズーリオはミスリルのロングソードをマジックバッグから取り出し、ドレイク目掛けて斬りかかるが、ドレイクは振り下ろされた剣を二本の指で摘《つま》んだ。

「おい、早く攻撃してこいよ」

「ぐぐぐっ！！」

グズーリオは思い切り力を入れているが剣先はピクリとも動かない。

ドレイクが摘んでいた剣を離すと、グズーリオが後退する。そしてまた斬りかかり、また剣を摘まれる。

そんなことが数回続いた後、

「そろそろ一分経ったか？　じゃあ俺からも攻撃するぞ」

そう言ってドレイクが赤鬼の金棒をマジックバッグから取り出す。

次にグズーリオが斬りかかった後は結果が違っていた。

――パキィィン

グズーリオのミスリルロングソードに赤鬼の金棒を軽く当て、破壊した。

その後、グズーリオは五本の剣を取り出すが同じようにすべて破壊されていく。

「なんなんだよ、お前らなんなんだよぉぉぉー！！」

プライドをズタズタにされたグズーリオは涙を流し、鼻水を垂らしながら素手で殴りかかっていくが、ドレイクはその拳を左手で掴み、そのまま握り潰した。

「ギャアァァァ！！　グボェ！」

叫んでいるグズーリオの腹に、気絶しない程度に加減したドレイクの膝蹴りが入る。その後、二十発程度往復ビンタをされ顔がパンパンに膨れ上がり鼻血を出しているが、グズーリオが何かを喋ろうとするとすかさずドレイクに顔を叩かれる。

ビンタでは試合が決定付けにくいためか審判も止められない。

「お前ら、誰のことをバカにしたのか、分かってるのか？　対戦相手が俺でよかったな。兄貴やシンクねぇさんだったら、こんなモンじゃ済まねぇよ？」

観客席は既に静まり返っている。

あまりの戦闘力の違いに全員が呆然としているようだ。

最後は四つん這いでリングの外に向かって地面を這いずっていくグズーリオの背中に、ドレイクが赤鬼の金棒を叩きつけると、声にもならない声を張り上げながらグズーリオは気絶し、先鋒戦の勝敗が決定した。

◇　◇　◇

審判によりドレイクの勝利が宣言されると、大会の運営部員がグズーリオを担架で運び出したのだが、結界の外に出たグズーリオは目を覚ますと、その場で頭を抱えて蹲りブルブルと震え出した。

まぁ、降参したくてもさせてもらえず、死と隣り合わせの時間を味わわせられていたんだから、そうなるわな。ドレイクは、精神攻撃の魔法を使わずにトラウマ《心的外傷》を植えつけてしまったようだ。

今の試合のせいで、来年はまた大会ルールが追加されることになりそうだな。頑張れ、大会運営委員会。

次の対戦、勝ち残り戦のため【星覇】はドレイクのまま。【レッドネイル】の次鋒はサバナントという〝キヌを笑った奴〟だ。

コイツは少しビビりながらリングの中央まで歩いてきた。

「おぉぉぉおお、おい！　てめぇ、ただで済むとお、思うなよ」

「なんだって？　声が震え過ぎてて聞き取れないんだが？　昨日みたいに大きい声で喋れよ」

これだけ見てももう勝負はついているようなものだが、ドレイクは容赦をする気は全くなさそうだ。

試合開始のゴングが鳴ると同時に、ドレイクはサバナントに向かって一直線に走り、〝優しく〟腹を殴った。それはもう、『ギリギリ嘔吐しないぐらい』の優しさだ。

サバナントは顔を青くし悶えているが、ドレイクは構わずサバナントの首根っこを掴み、上空に飛んでいった。……その7秒後、空からサバナントが降ってきた。

それを地面ギリギリでドレイクが服を掴み、助ける……かと思ったらまた空高く飛び上がり、10秒後にサバナントが再び降ってきた。

サバナントはすでに泡を吹いているが、一撃しかダメージを受けていないため、審判も止められない。

そして、ドレイクは三回目の空中拉致を行い、最後にサバナントの頭部を鷲掴みにしたまま高速でリングに突っ込み、サバナントの顔面をリングにめり込ませ、試合終了となった。

落下したリングには大きな亀裂が入っており、割れ目を境に段差ができている。結界内でなか

ったらサバナナントは死んでいただろう。

順調に処刑を続けていくドレイクに、シンクも満足げな表情だ。

「わたくしなら、もっとこう……」

などと小声で呟いているが、俺には聞こえない……。

相手の三人目は昨日ビビって「ヒィ……」しか言っていなかった重戦士の男だ。

もう名前も見る気にもなれないコイツは、ドレイクが赤鬼の金棒で横薙ぎ攻撃をして、持っていた大盾ごと防具と両腕を破壊し、追撃に赤鬼の金棒を鎧の上からボディーに叩きつけて、5秒足らずで勝負が決まった。

そして最後に出てきたお嬢様口調の女性冒険者アントリアは、なんとかリングには上がれたものの、顔面蒼白で足は子鹿のように震えている。到底試合なんかできる様子ではなかった。

「なぁ、お前等は昨日俺の大切な人をバカにしたんだよな？　理由は亜人や獣人ってだけで、お前等にしてみれば、単なる軽口程度だったかもしれねぇがよぉ……。俺は自分の大切な人をバカにされて黙っててやれるほど大人でもお人好しでもねぇんだわ……。俺にとってこの世界で何よりも大切な人達なんだ。いくらお前に戦う意思がなくても、俺は昨日兄貴が言ってた通りお前を挽肉にしてやる。覚悟しとけ」

そして試合のゴングが鳴ると同時に、全力の殺気をぶつけられたアントリアは泡を吹いて失禁し、気絶した。

ドレイクは口ではああ言っていたが本当に優しいな。絶妙に殺気をコントロールしていた。もし本気でボコるつもりなら、あんなことを言わず殺気も抑えて物理的に挽肉にできたはずだ。

こうして試合が終わってみると観客席からブーイングが出ることはなくなり、ドレイクは『試合会場』と『対戦相手の武器・防具・肉体・メンタル・プライド』を破壊するという大会史上初めての快挙？……を達成したのだった。


「おつかれさん！　さすがだな」

「あざっす！　でも、ちょっと甘かったっすかね？」

ドレイクはそう言ってシンクのほうを見るが、「よくやりました」とお褒めの言葉をもらっていた。

ネルフィーだけは少し驚いた表情をしていたが。

「ん。みんな……怒ってくれて嬉しかった。ありがと」

キヌがそう言うと、全員に心からの笑顔が戻った。やっぱりキヌは俺達の天使だな！

そして俺達が出場者用ロビーに戻ると、全員から目を逸らされるようになっていた。

【星覇】の強さを示すには最高の形だったが、それ以上に悪い噂が立たないか心配だ……。でもまぁ、そんな悪い噂も全部まとめてぶち壊せばいいだけだな！

大会は、リングの修復を行って再開されたようだ。
俺達は試合の賭けの配当をもらい宿屋へと戻った。ちなみにオッズは20倍。金貨５００枚がいきなり１００００枚に膨れ上がっていた。

さて、残り四試合。どんな相手と戦えるのか楽しみだ！

書き下ろし番外編

シンクとドレイク
～ドレイク視点～

これは俺が兄貴と契約をした直後の話だ。

この時の俺は、まだ本当の意味での『仲間』というのを理解できていなかった。

とにかく自分の意識が魔剣に乗っ取られた不甲斐なさと、レクリアの街を破壊し住民を殺戮しかけた恐怖感、兄貴やねぇさん達だけでなくいろんな人に迷惑をかけた罪悪感から「とにかく汚名返上をしなければ！」という危機感や使命感が強かったんだと思う。

その焦りは、フォレノワールでシンクねぇさんから兄貴達がどんな冒険をしてきたのか、どんな経緯で仲間になったのか、シンクねぇさんの兄貴達に対する気持ちを聞いて、より一層大きくなった。俺がその苦労や積み上げてきたモノをすべて破壊してしまうところだった……。

「もう二度とこんなヘマはしない」、「受けた恩を返すんだ！」そんなことばかりを考えていた。

従属契約をした翌日、俺が強く希望したこともあり、冒険者ギルドへ行き冒険者登録を行うことになった。

そこには運良く昨日も会ったスパルズという強面のギルドマスターがいた。

「お？　さっそく登録してくれるんだな」

「うっす！　スパルズさん、わざわざ待っててくれたんっすか？」

「いや、ちょうど受付に用があったからいただけだ。でもちょうどいい、ドレイクも阿吽達が受けた登録時の昇格試験受けてみるか？」

「いいんっすか？　是非やりたいっす！」

地下の訓練所に案内されると、物理攻撃用の的というのが用意されていた。どうもこの柱に攻撃をしろということらしい。

その耐久度はオーガクラスということなので、できる限り本気で殴ったほうがよさそうだ……。

「いつでもいいぞ、できればお前の本気の力が見てみたいからな。壊しても構わん！」

「分かったっす！」

的となる柱の前に立ち、体を捻り両足で踏ん張る。できるだけ力を逃がさないよう体重移動もしっかりと行い、柱に向けて思いっきり右の拳を叩きつけた。


——ガァァアン！


さすがにかなり硬いが、殴った部分が拳型にへこみ中心部まで亀裂が入る程度には破壊できた。

「おぉ！　ドレイクもこれを破壊するか……」

「兄貴もコレ破壊したんっすね！」

「そうだな。アイツはこの柱をベッキリ真ん中からへし折りやがった」

「マジっすか……やっぱ兄貴はすごいっす！」

「いや、お前も十分規格外だぞ……これならドレイクもCランクまで昇格させてやれるな。そっから先は、まぁ頑張れや！」

冒険者登録は無事に完了し、Cランクの冒険者カードをもらう。

それから俺は、とにかくレクリアの冒険者ギルドにある依頼をランクに関係なくこなし続けた。

迷子猫の捜索、酒場のゴミ置き場掃除、ミラルダへの物資輸送、モルフィアの森の魔物の討伐
……どれだけ受けても依頼は一向になくならない。

この街にはいろんな問題が溢れていて、依頼者は本当に困った挙句、冒険者ギルドに依頼をする。そんな依頼を達成した時、その難易度に関係なく依頼者からお礼を言われることで俺は救われていた。

『自分も誰かの役に立っている』そんなふうに俺という存在を肯定してもらえたような気持ちになれた。さらに数週間後には「俺の力でレクリアをよくするんだ」なんて感情まで芽生えていた。

シンクねぇさんは、そんな俺の傍にずっといてくれた。

今思えば、最初に俺への当たりが強かったのも、自分が悪役を買って出ることで俺に負の感情を向かないようにしてくれていた気もする。……考え過ぎかな?

でも実際、俺はそれで助かった。二人でいる時は〝怖い〟というよりも〝優しい〟と感じることのほうが多かった。結構ぶっ飛んだことをする時もあるけど……まぁとにかく、俺はシンクねぇさんのお陰でみんなに受け入れてもらえたんだ。

でも俺は、無意識にその優しさに甘えていた。

そんな折、ある出来事が起きた。

それは俺がBランクに上がって少し経った頃、冒険者ギルドの職員から依頼されたクエストでのことだった。

『下水道に巣食ぅ魔物の討伐：Cランククエスト』

下水道に入るという内容からか他の冒険者は避けていたようで、依頼が貼り出されてから一か月以上が経過していたが、誰も受ける気配がない。ただ実害が出ていないため、ギルド側も緊急度を下げ、後回しにしていた依頼だったようだ。

「Cランクのクエストで困ることもないだろう」と考えながら、安直にその依頼を受けた。

シンクねぇさんと二人で下水道へと続く道を歩いて行くと、鉄格子がはめ込まれている場所に辿り着いた。受付でギルド職員に渡された鍵で錠を開け、中に入る。

下水道は中央に下水が流れ、両脇に人が一人歩くことが出来るくらいの道が作られていた。

魔導具によって照らされた下水道を、地図を頼りに20分ほど歩いて行ったのだが、奥へ進むにつれ悪臭がどんどん酷くなってくる。

ってか、下水道っていってもこんなに匂うものなのだろうか。魔物が原因だとするならば、早急に討伐しなければ街中悪臭で大変なことになってしまう可能性もある。

「ねぇさん、すんません。嗅覚が優れているねぇさんにとって、これはキツいっすよね……」

「構いません……それにあなたが謝ることではないです。奥へ急ぎましょう」

今回討伐対象となっている魔物は『ポイズンスライム』、Cランクの魔物だ。事前に調べた情報では体長は0・5mほどであり、強力な毒性の身体で周囲の動物を包み込み、そのまま窒息と毒性でダメージを与えてくる。さらに物理ダメージが通りにくく、基本は魔法でダメージを与えていくのが効果的とあった。

しかし、下水道の奥で見つけた魔物はさらに厄介なものであった。

「バイオスライム……」

「厄介ですね……依頼を出されてからの一か月で進化してしまったのかしら……」

そこにいたのは体長3mを超える巨大なスライム。魔物のランクはAであり、ポイズンスライムの特性をそのまま引き継ぎつつ、巨大で獰猛になった魔物だ。それがちょうどラット系の魔物を体内に吸収し捕食しているところだった。

「こいつが下水の外に出たら、街は大混乱っす」

「……そうね。わたくしに注意を集中させます。ドレイクは魔法でダメージを与えてください」

「え、でも……俺も前に出たほうがよくないっすか？」

「いえ、わたくしは仲間を守ることが役目です。それに、ドレイクのことを信頼しているからこそ攻撃を任せるのですよ。頼みますね」

そう言ってシンクねぇさんは下水の中へと入り、【挑発】で敵の注意《ヘイト》を自分に向けた。

オーク種の魔物から進化したねぇさんは、他者よりも嗅覚がかなり優れている。正直、ここにいるだけでも相当しんどいはず。それなのに、俺を信頼して自ら下水の中へと入り魔物と対峙してくれている。

シンクねぇさんの行動と言葉に、心が震える……そして不思議と力が漲ってくるのを感じる。

「任せてくださいっ！！」

すぐにバイオスライムへと向けて【ウィンドカッター】を放ちダメージを与える。しかし、その攻撃を受け飛び散ったバイオスライムの破片がシンクねぇさんに飛び、腕や足にダメージを与えていく。それに加え、敵は痛覚を持っていないのか怯むような素振りもなく、どれだけ俺が魔法でダメージを与えようとシンクねぇさんへの攻撃は止まない。想像以上に厄介な相手だ。

俺の風属性魔法では今と同じようにねぇさんにまでダメージが入りかねない……

「ドレイク、わたくしはこれくらいの毒で致命傷にはなりません。攻撃の手を緩めないで！」

その言葉通りシンクねぇさんの動きは鈍ることなく、しっかりと盾を構え的確に【ガードインパクト】を当てながらバイオスライムの攻撃を弾いている。本当に頼もしい。

俺は着実にダメージを与えようと【ウィンドカッター】を連射するが、バイオスライムは小さくなっていくどころか下水を取り込み大きくなりだした。それに、シンクねぇさんへのダメージも無視はできない。

「このままじゃ埒が明きませんね……ドレイク、何か手はありますか？」

「一応、【サイクロン】っていう竜巻を発生させる風魔法の大技があるっす。でもこんな場所でのその魔法を使ったらシンクねぇさんも巻き込む危険性が高いっす」

「それであれば、わたくしが魔法のタイミングを合わせます。上手くいけば一気に勝負をつけられるかもしれません」

「マジっすか……でも……」

「ドレイク、もう一度言いますよ。私はあなたを信頼しています。あなたは、わたくしを信頼できませんか？」

「……いえ！　信頼できるっす！！」

「なら、問題ないですね」

そう言ってシンクねぇさんは俺に向けて笑いかけてくれた。

初めて見たシンクねぇさんの笑顔だった。

いや、違うか……俺がしっかりとシンクねぇさんの顔を見ることができたのが、この時が初めてだったのだろう。多分ねぇさんはいつも俺に微笑みかけてくれていたのではないだろうか。そんな自然な笑みだった。

（……俺は、なんて薄情なヤツなんだ。こんなにも優しい人が一番近くにいて、信頼してくれていたのに……それに気付こうともせず、自分の力だけで全部なんとかしようとしていた……）

その事に気付いた瞬間、シンクねぇさんと心が繋がった感覚がした。ねぇさんが今何を考えているか、聞かなくても分かる。俺がやろうとしていることも言わなくても分かってくれている。考えているイメージが共有される感覚。

無意識に、でも不思議なほど自然に、俺はバイオスライムに向けて【サイクロン】を発動させた。その魔法に合わせるように、タイミングよくバイオスライムの四方に【アースウォール】がせり上がった。

壁に囲まれたバイオスライムは、その土壁の中で風の刃に切り刻まれていく。魔法の効果が消える頃にはその身体はバラバラに弾け飛び、核がむき出しの状態になったバイオスライムがいた。

「ドレイク、最後は任せるわ」

「まっかせといてくださぁぁい！！」

【ウィンドプレッシャー】で回復や逃走をされないよう抑え込み、とどめに【ウィンドカッター】を叩き込む。核を切り刻まれたバイオスライムは再生することなく、下水に浮かんでいた。

「討伐、完了っすね……」

「そうですね。よくやりました」

「へへっ、ありがとうございます！」

（あー、『仲間』って……こういうことを言うんだな……）


俺が魔剣で暴走させられていた時、途切れ途切れの意識の中で対峙していた兄貴とねぇさん達は、完璧な連携で俺を翻弄しほとんどダメージを受けることなくドラゴン状態の俺を倒した。

その時に感じた〝羨ましい〟という感情、その一端に触れてモヤモヤしていた気持ちが一気に晴れていくのが分かった。

「とりあえず、ここを出ましょう……さすがに臭くてたまりません」

「そうっすね！　すぐにでもシャワー浴びたいっす……」

「わたくしもです。一刻も早くこの匂いを取らなければ、恥ずかしくて阿吽様やキヌ様に近付けません……」

「えー、俺には気を遣ってくれないんっすか？」

「今はあなたも臭いでしょ？　お互い様です！」

「ハハハッ！　確かにそうっすね！」

お互い汚水まみれになっている姿を見合わせながら二人で笑った。こんなにも心の底から笑えたのはいつ以来だろうか。


フォレノワールダンジョンに帰還し、風呂でしっかりと匂いを取った俺とシンクねぇさんは依頼の達成と内容の報告を行った。

報告内容を聞いたギルド職員は驚愕しつつも、大惨事になる前に防げたことに安堵していた。

それから俺はレクリアでの信頼を得られてきたこともあり、ソロでの活動も認められた。そして、毎日のようにクエストを行い、クラン対抗武闘大会へ出発する前にはAランク冒険者へと昇格できた。

もちろんソロだけでなく、シンクねぇさんやキヌねぇさんともパーティーを組んで依頼を行なったり、新たな戦術を模索したりと、充実した毎日を送っている。

兄貴はこの準備期間中、慌ただしくダンジョンやプレンヌヴェルト村のことを行なっていたため、一緒にクエストを受けることができなくて残念だったが、これから兄貴達とのいろんな冒険が待っていると思うとワクワクしてくる。

それに、この二か月で分かった。兄貴やねぇさん達だけでなく、バルバルさんやダンジョンコアのアルスとイルスも俺を信頼し、信用し、心からの笑顔をくれる。

本当に俺は幸せ者だ。

そんな最高の仲間とこれから一緒に作っていくクラン【星覇】。

その名に恥じぬよう強くなり、仲間が困っていたら、悩んでいたら……俺がしてもらったように近くで寄り添い信頼してあげられる、そんな男に俺はなりたい。


昨夜バルバルさん達に貰った和装に身を包み、気合いを入れる。すると、部屋のドアをノックする音が聞こえた。

「ドレイク、起きていますか?……あら?　その和装とっても似合っておりますよ」

「へへっ、シンクねぇさんもその服めっちゃ似合ってるっす!　惚れちゃいそうっすよ!」

「バカなことを言っていないで、早く外に出なさい。もうすぐ阿吽様とキヌ様も来ますよ」

「了解っす!　んじゃ、先に外で待ってますね!」

乳白色の夜明けが夜の闇を溶かし始めた頃、俺達四人は次の街ミラルダへ向けて歩き出した。

最高の笑顔で、最高の仲間とともに。

あとがき

あとがきを読まれている皆様、はじめまして！　作者の幸運ピエロです★
まずはこの本を手に取っていただき、ありがとうございます！（ご購入前の方は、そのままレジカウンターへどうぞぉぉぉ！！笑）
「ダンジョンコア食ってみた★殺されたらゾンビになったので、進化しまくって無双しようと思います」という、ながーいタイトルのこの作品、もっと長いタイトルでＷＥＢで公開したのが最初であり、ＷＥＢ版から読んで頂いている方々の応援のお陰で、〝書籍化〟という、私にとっての夢を叶えられた作品でもあります。

十五年程前から小説を読むのにどハマりし、いずれ自分でも物語を書いてみたいとは思いつつも、なかなか一歩目が踏み出せず、頭の中にある物語のイメージだけが大きく膨れ上がっておりました。
しかし「一度きりの人生、楽しまなきゃ損だよね！」と思って書き始め、震えながら投稿したのをきっかけに、多くの方に読んで頂けたことで書籍化というお話を頂けました。いつも応援してくださっている皆様、本当に、本当に、ホントぉぉぉーーに、ありがとうございます！

編集様から書籍化のお声掛けを頂いた時は、自宅のPC前で喜びの舞を踊り狂い、それでも興奮が収まらずそのままの勢いで外へ飛び出し、ヒャッホイしながら飛び跳ね、夜道を走り回ったのは一生の思い出です！

そこからシーンの追加や大幅な加筆修正などの改稿をし、より物語に厚み出したのがこの書籍となります。あとがきからご覧になっている方は是非本編も読んでみてくださいね♪

最後になってしまいましたが、ここからは謝辞を贈らせてください。

超美麗に作品の世界観を表現し、私が想像していた何十倍も魅力的なキャラクターを描いてくださったイラストレーターの東西様。私の様々な我侭に付き合い、いつも的確なアドバイスをしてくださる編集の堺様。このお二方には特別な感謝を贈らせていただきます。

また、インパクトとカッコよさを兼ね備えたカバー、ロゴを仕上げてくださったデザイナーの稲葉様、揮毫の粋楓様、隅々まで添削をしてくださった校正様。本当にありがとうございます。

そして何より、WEB版から応援いただいている皆様、この本をご購入いただいた皆様に御礼申し上げます。

今後もハイテンションでバイブスぶち上げながら物語を執筆していきますので、末永いお付き合いをいただけたら幸いです♪　それではまた、二巻でお会いしましょう！！

二〇二三年六月吉日　幸運ピエロ

この本を読んでのご意見・ご感想・ファンレターをお待ちしております。
＜宛先＞〒 104-8357　東京都中央区京橋 3-5-7
（株）主婦と生活社　PASH! ブックス編集部
「幸運ピエロ先生」係
※本書は「小説家になろう」（https://syosetu.com）に掲載されていたものを、改稿のうえ書籍化したものです。
※この作品はフィクションであり、実在の人物・団体・法律・事件などとは一切関係ありません。

PB
PASH! ブックス

ダンジョンコア食ってみた★
殺されたらゾンビになったので、進化しまくって無双しようと思います

2023年7月17日　1刷発行

著　者　幸運ピエロ
イラスト　東西
編集人　山口純平
発行人　倉次辰男
発行所　株式会社主婦と生活社
〒 104-8357　東京都中央区京橋 3-5-7
03-3563-5315（編集）
03-3563-5121（販売）
03-3563-5125（生産）
ホームページ　https://www.shufu.co.jp
製版所　株式会社明昌堂
印刷所　大日本印刷株式会社
製本所　共同製本株式会社
デザイン　ナルティス（稲葉玲美）
編集　堺香織

ISBN978-4-391-15935-6

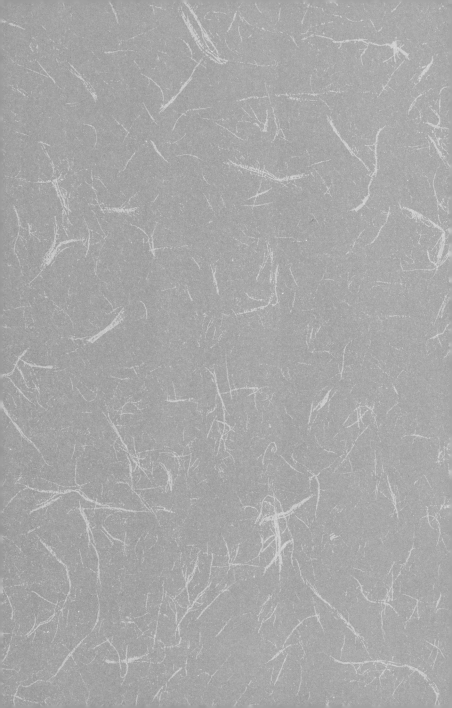